BERLIN
EUROPA
AZOREN
AFRIKA

Die Schattenbande hebt ab

Gina Mayer & Frank M. Reifenberg

DIE SCHATTENBANDE

hebt ab

Mit Illustrationen von Gerda Raidt

arsEdition

Bibliografische Information der Deutschen Nationalbibliothek
Die Deutsche Nationalbibliothek verzeichnet diese Publikation in der Deutschen Nationalbibliografie; detaillierte bibliografische Daten sind im Internet über http://dnb.d-nb.de abrufbar.

MIX
Papier aus verantwortungsvollen Quellen
FSC www.fsc.org
FSC® C014496

Text: Gina Mayer und Frank M. Reifenberg, vermittelt durch die Literaturagentur Arteaga, München
Lektorat: Malte Ritter
Cover- und Innenillustrationen: © Gerda Raidt, vermittelt durch die Agentur Susanne Koppe, Hamburg, www.auserlesen-ausgezeichnet.de
Umschlaggestaltung: Grafisches Atelier arsEdition unter Verwendung von Bildmaterial von © Getty Images/Thinkstock

ISBN 978-3-8458-1083-6

www.arsedition.de

INHALT

DIE SCHATTENBANDE

Schiebermütze, Knickerbocker und Dreck unter den Fingernägeln: Das ist **Klara Schlapp**. Dass sie ein Mädchen ist, ist geheim. Nur ihre Freunde wissen, dass sie blonde Zöpfe unter der Mütze versteckt. Klara ist eine begnadete Taschendiebin und die Anführerin der Schattenbande. Das Blöde ist nur: Otto will das einfach nicht einsehen.

Im Fassadenklettern nimmt es keiner so schnell mit **Otto Karwuttke** auf und auch im Pläneschmieden ist er große Klasse. Leider hat Klara oft schon Nägel mit Köpfen gemacht, bevor er sagen kann, wo es langgeht. Otto und Klara sind ein Superteam, das meinen alle. Aber Otto findet, dass sie noch besser wären, wenn Klara endlich einsehen würde, dass er der Chef ist.

Paule Kowalski ist ein genialer Panzerknacker und Erfinder. Aus Schrottteilen und Abfall baut er die erstaunlichsten Apparate, Maschinen und Sprengkörper. Wenn er einmal nicht an seinen Erfindungen tüftelt, stiehlt er Kohlen. Denn die Dampfmaschinen, mit denen er seine Apparate betreibt, wollen gefüttert werden. Paule träumt von einem eigenen Automobil – und von einer Weste aus Samt mit echten Perlmuttknöpfen.

Lina Kowalski ist Paules kleine Schwester und das jüngste Mitglied der Schattenbande. Sie ärgert sich furchtbar darüber, dass die anderen sie oft nicht ernst nehmen. Dabei könnte sie den Freunden nicht selten den Hals retten, wenn man sie nur mitmachen ließe. Lina hat nämlich einen sechsten Sinn. Sie wittert Gefahr und spürt Dinge, die anderen verborgen bleiben.

Berliner Lokal-Anzeiger

29. September 1927

Luftschiff *Isabella* startet zum ersten Flug über den Atlantik!

von Billy Barrakuda

Wie heute bekannt wurde, wird in Kürze der regelmäßige Linienverkehr mit Zeppelinen von Deutschland in die Vereinigten Staaten von Amerika aufgenommen. Demzufolge soll in wenigen Tagen das auf den Namen *Isabella* getaufte Luftschiff auf dem Flugfeld in Berlin Staaken starten. Erstmalig werden ausschließlich zahlende Gäste in den Genuss der schnellen Überfahrt kommen. Natürlich nur, wenn sie über das nötige Kleingeld verfügen. Dafür erwartet die Gäste eine Verpflegung der Extraklasse. Für das leibliche Wohl der Passagiere wurde Ernst Kroll, der frühere Koch des Berliner Nobelrestaurants »Rose d'Or«, engagiert. Nur auf das Rauchen müssen die Passagiere verzichten, da alle Feuerquellen an Bord des mit Wasserstoff in der Luft gehaltenen Kolosses strengstens verboten sind. Schon ein Funke könnte zu einer verhängnisvollen Explosion führen.

Eine Besonderheit bietet auch das Unterhaltungsprogramm. Die Deutsche Luftschifffahrt AG teilte mit, dass die Schauspielerin und Sängerin Anita Berber für das abendliche Unterhaltungsprogramm engagiert wurde. Allerdings wurde vertraglich festgelegt, dass Fräulein Berber keinerlei Nackttänze aufführen darf, was einige der Passagiere sicher enttäuschen wird. Bekleidet finden auf dem Luftschiff 25 Passagiere und 45 Besatzungsmitglieder Platz. Mit einer Höchstgeschwindigkeit von 128 Stundenkilometern treiben fünf Ottomotoren der Marke Maybach die *Isabella* bei guten Wetterbedingungen in drei bis vier Tagen über den Ozean nach Lakehurst im Bundesstaat New Jersey.

1. KAPITEL,

in dem wieder einmal eine Dame mit Bart ziemlich viel Ärger macht

Otto beugte sich weit über das Geländer der Loge. Die Sitze auf dem kleinen Balkon waren eigentlich Madame Fatale vorbehalten. Nur ganz selten lud sie Gäste ein, die von dort die Show in der »Schwarzen Katze« von einem der besten Plätze aus verfolgen durften.

»Vorsicht!«, zischte Klara. Sie kniff die Augen zu. »Gleich segelst du runter und landest direkt bei Trettoff auf dem Schoß.«

»Ach was«, gab Otto zurück und rückte noch etwas weiter vor. Er flog so schnell nirgendwo runter. Außerdem würde er auf dem dicken Kommissar ziemlich weich landen.

Der Zuschauerraum der »Schwarzen Katze« füllte sich zusehends. Kommissar Trettoff saß mit einem kleinen Männlein an einem der Tischchen und biss schnell noch einmal in eine Bockwurst. Das Männlein wirkte neben dem massigen Leiter der Berliner Mordkommission wie eine der fast lebensgroßen Puppen, die jetzt Mode waren. Eigentlich bestand er nur aus zwei übereinandergestapelten Kugeln: Kopf und Körper. Der Rest stand irgendwie von ihm ab. Arme, Beine, Ohren.

»Das ist Madames Verehrer!«, kicherte Klara. »Horatio W. Sauerkraut.«

»Das lässt du sie besser nicht hören!«, flüsterte Lina. »Außerdem heißt das richtig *Horatio W. Sourcrowd.*«

»Madame Besserwisser«, seufzte Klara. »Dann eben Horäischo Dabbelju Sauarkrraud.«

Lina hatte vor ein paar Wochen begonnen, ihr Englisch aufzupolieren. Englisch war in Mode, und Lina achtete genauestens darauf, dass alle Wörter richtig ausgesprochen wurden. Manchmal plapperte sie sogar selbst auf Englisch los. Sie konnte sich einfach alles gut merken. Englisch, chinesisch, sogar kalimbesisch. Nun beugte sich auch Lina ein wenig über den Balkon.

»Seid ihr denn alle verrückt?«, fragte Klara.

»Nein, nur neugierig«, sagte Lina.

Die Nummer, die gleich zur Aufführung kommen sollte, war so sensationell, dass es unten im Parkett schon seit Wochen kein noch so winziges Eckchen für die vier Schatten gab.

Da die beiden ersten Tischreihen aus Sicherheitsgründen abgesperrt wurden, standen noch weniger Plätze zur Verfügung als sonst.

Aber das war längst nicht alles, denn Madame Fatale, die noch nie mit einer eigenen Nummer aufgetreten war, wollte an diesem Abend mit einem weiteren Höhepunkt für Aufregung sorgen. Sie selbst würde eine holografische Illusion auf die Bühne bringen, allerdings erst im zweiten Teil des Programms.

Jetzt drängelte sich auch noch Billy Barrakuda zu Otto, Klara, Paule und Lina. »Servus, Grüezi und Hallo, gute Laune sowieso, denn Musik macht alle froh«, sang der Zeitungsreporter, jodelte einmal und tippte mit dem Zeigefinger an den moosgrünen Filzhut mit dem Gamsbart, den er neuerdings trug. Er hatte sich mit einem Tippfräulein aus dem Büro des bayerischen Reichstagsabgeordneten Studlhofer verlobt. Alles Bayerische war nun tipptopp und modern. »Vielleicht kann man es von hier oben sehen, wie sie es macht. Ich muss es wissen, Himmelsakrakruzi noch oamoal!«

»Hör uff, Billy, dit mit dem Alpenjedöns gloobt dir keener«, sagte Paule. »Und morjen kennste schon wieda eene Neue und deine Zenzi schießte uffn Mond.«

»Auch wenn du den Trick herausfindest, darfst du ihn niemals verraten«, meldete sich Lina zu Wort. »Madame Fatale verpackt dich in Houdinis Kiste und versenkt dich mit Bleigewichten in der Spree. Auf den Verrat von Geheimnissen des Varietés und der Magie steht der Tod«, sagte das jüngste Mitglied der Schattenbande mit einem solchen Ernst, dass Billy Barrakuda für eine halbe Sekunde bleich wurde.

Dann lachte er.

»Ungekämmte Gören sind besser nicht so vorlaut!«, sagte er.

»Still«, rief Otto aus. »Es geht gleich los.«

Er zückte ein kleines Opernglas, das in Perlmutt und Gold gefasst war. Ein Gast hatte es vergessen, es war kein Diebesgut. Dieses winzige Fernglas war besser als ein Feldstecher und eignete sich hervorragend zum Auskundschaften der reichen Spaziergänger im Tiergarten oder der Pferdenarren an der Rennbahn Hoppegarten.

Ein Blick aus sicherer Entfernung mit dem kleinen Ding, ein Hinweis an Klara, die sich anpirschte, stolperte, zugriff – und die Geldbörse mit genug Geld für das Essen einer ganzen Woche verschwand in der Tasche ihrer Knickerbocker. Aber jetzt waren sie alle hinter etwas anderem her. Und nicht nur die Schatten wollten es wissen. Ganz Berlin war scharf darauf.

Die Bühnenbeleuchtung erlosch. Einen Vorhang gab es nicht, das war zu gefährlich für das Gastspiel der Künstlerin, die gleich auftreten würde. Die gesamte Bühne nahm eine riesige muschelförmige Schale ein, sie bestand aus einem Material, das den Namen Asbest trug und feuerfest war.

Es sei ein Teufelszeug, hatte Madame Fatale gesagt, eine Menge Ärger werde man damit noch bekommen. Wie so oft hatte sie aber nicht sagen können, welchen Ärger. Nicht einmal, wann es den geben könnte. Ihre Prophezeiungen waren manchmal etwas ungenau.

Zusätzlich war die Muschel mit Stanniolpapier ausgekleidet. In der silbrigen Fläche spiegelte sich die Glut der Zigaretten und Zigarren, die die Damen und Herren im Publikum rauchten.

Madame Fatale trat auf die Bühne. In ihrem dunkelblauen

Kostüm und mit dem straff nach hinten gebundenen Dutt, zu dem sie ihre Haare immer zurrte, sah sie aus wie die Leiterin einer Schule für höhere Töchter. Aber sie war die Chefin des Theaters und sagte mit strenger Stimme: »Ich muss Sie dringend bitten, nun alle Rauchwaren bis auf Weiteres zu löschen. Ihre Feuerzeuge und Streichhölzer geben Sie bitte bei meiner geschätzten Mitarbeiterin Fräulein Popinet ab. Sie bekommen sie ganz bestimmt zurück.«

Die Stammgäste lachten.

Fräulein Popinet unterhielt die Gäste zwischen den einzelnen Nummern des Varietés mit kleinen Tricks. Sie war fast so eine gute Taschendiebin wie Klara.

»Von Schusswaffen bitte ich heute ausnahmsweise keinen Gebrauch zu machen«, fuhr Madame Fatale fort. Wieder lachten alle. »Besonders der werte Herr Kriminalkommissar Trettoff möge sich daran halten. Sonst müssen Sie Ihren eigenen Todesfall aufklären, und das könnte Ihren Ruf als Hundert-Prozent-Heinrich gefährden.«

Der Kommissar hielt sich den Bauch vor Lachen und winkte Madame Fatale freundlich zu. Seit der Schießerei bei der Aufklärung des Mordes an der Großfürstin Drosskova waren Madame Fatale und er fast schon Freunde geworden.

Trettoff tuschelte mit seinem Tischnachbarn. Dieser hob die Hände zum Himmel, zog ein gepunktetes Taschentuch aus der Brusttasche seines gestreiften Jacketts, tupfte sich die Stirn und wurde so rot, dass Otto es oben auf der Galerie sehen konnte.

»Und hier ist sie …«, verkündete Madame Fatale, immer noch in einem Tonfall, als kündigte sie nicht den Star ihrer Show, sondern den Ehrengast auf dem Ball der Vampire an: »Fräulein Cäcilie Cervelat mit der einzigartigen Phönix-Nummer.«

Alle Lichter erloschen.

Das kleine Orchester, das aus einem dürren Klavierspieler, einem mageren Mann, der den Kontrabass zupfte, und einer knochigen Frau mit Saxofon bestand, spielte einen Tusch. Zwei gleißende Lichtstrahlen zischten auf einen Punkt in der Mitte der Bühne. Sie blitzten so grell auf, dass die Leute schrien. Fast alle kniffen die Augen zu.

Nur Paule saß mit einer kreisrunden, tiefschwarz gefärbten Schweißerbrille da. Für alle anderen sah es aus, als sei die Dame auf der Bühne aus den Lichtstrahlen entstanden. Paule sagte: »Doppelter Boden. Ick sach nur: Hydraulik von unten.«

»Scht!«, wurde der Spielverderber von den anderen ermahnt.

»Ist die schön!«, sagte Lina.

»Ist die echt?«, fragte Otto.

»Ist *der* echt?«, fragte Klara.

Die kurvige Figur der Dame steckte in einem goldenen Kleid, das wie eine zweite Haut saß. Es glitzerte und schoss gelbe Strahlenpfeile in alle Richtungen, sobald sich der Schein der Lampen in den vielen kleinen wie polierter Messing schimmernden Plättchen, mit denen das Kleid bestickt war, verfing.

Erst als sich die Augen an das flimmernde Licht gewöhnt hatten, war zu erkennen, dass die Glitzersteine in der Form eines Wesens mit Flügeln auf dem Kleid aufgestickt waren.

»Ein Phönix«, flüsterte Lina.

»Tu mal deine Haare weg«, sagte Billy Barrakuda.

Linas Haare standen spitz und starr in alle Himmelsrichtungen. Wie ein Igel sah sie aus.

»Sojar de Haare von die Dame sind jülden!«, staunte Paule.
»Und der Bart auch«, ergänzte Otto.
»Dit jeht doch jar nich«, sagte Paule.
»Was?«, fragte Klara. »Eine Dame mit Bart?«
»Nee, ne Dame mit *joldenem* Bart. Die is nich echt, ick sach et dir!«
Klara stupste Paule zur Seite. Mit einer Dame mit Bart hatte sie schon einmal sehr schlechte Erfahrungen gemacht. Diese hatte sich als Wachtmeister Eltinger entpuppt, der mit einem miesen Trick auf Diebesjagd gegangen war. Verkleidet als reiche Lady, die mit offener Perlenhandtasche die Taschendiebe zum Mopsen des Geldbeutels verlocken sollte, hatte der Wachtmeister Klara damals fast in die Falle gelockt.
Auf der Bühne stand jedoch keine falsche Dame, dafür hatte sie viel zu viele und viel zu aufregende Kurven. Irgendwie sah auch der Bart dieser Cäcilie Cervelat nicht unecht aus, auch wenn er aus purem Gold zu sein schien.
Mehr wunderte sich Klara eigentlich über den Namen.
Wie eine Wurst zu heißen, war für eine so glamouröse Gestalt sehr ungewöhnlich, aber die Leute im Showgeschäft ließen sich manchmal die verrücktesten Namen und Verkleidungen einfallen. Bei Klara erzeugte der Gedanke an eine Cervelatwurst nur Magenknurren.
Fräulein Cervelat gab nun dem Orchester ein Zeichen.
Die drei Musiker spielten lauter und lauter. Die Töne wogten, das Licht wogte, Fräulein Cervelats Haare wogten, und alles strahlte und strahlte und dann wogte auch die Stimme von Fräulein Cervelat.
»Ich erwache wiiiiiie ein Phöniiiiiix aus der Aaaaa-haa-aaasche …«, sang sie und breitete die Arme weit aus. Ihr Kleid

fächerte sich zu den Seiten auf, noch mehr goldene Pailletten schossen ihre Strahlen ins Publikum.

»Macht die noch wat anderes als wie singen?«, murrte Paule.

»Sie verbrennt«, flüsterte Lina.

»Wat is übahaupt een Föhniks?«, wollte ihr Bruder nun wissen. »Äh ... wat haste jesacht? Sie vabrennt?«

»Der Phönix ist ein mythischer Vogel«, rasselte Lina los. »Er verbrennt, um aus seiner Asche wieder neu zu erstehen ...« Sie zitterte am ganzen Leib und packte Klara am Arm.

»Aus dem verglüüüüüüheee-enden Liiiiicht fliiiiieg ich ...«, schmetterte Cäcilie Cervelat. Beim Wort *fliiiiieg* stieg die Sängerin langsam in die Höhe.

»Ist alles in Ordnung, Lina?«, fragte Klara.

Erst jetzt bemerkte sie, dass Linas Haare abstanden. Das war ein untrügliches und meist sehr schlechtes Zeichen. Offensichtlich arbeitete Linas sechster Sinn auf Hochtouren, und das konnte nur eines bedeuten: Gefahr. Und wenn Lina dabei zitterte: höchste Gefahr. Klara konnte Linas Sorge gut verstehen, schließlich war sie vor nicht allzu langer Zeit fast in einer Schrebergartenhütte in Flammen aufgegangen.

»Wir sollten gehen«, piepste Lina.

»Wat sachste, Schwestachen?«

»Sie hat gesagt, dass wir gehen sollten«, rief Klara gegen die laute Musik an.

Trettoff unten im Publikum warf einen Blick hinauf zu den Schatten. Er winkte ihnen zu.

»Wohl verrückt! Ganz Berlin will das sehen und du willst gehen?«, sagte Otto, der die ganze Zeit auf die Bühne gestarrt hatte, als erscheine dort ein Engel. »Sie schwebt«, seufzte er, »sie schwebt! Da ist nichts unter ihr.«

»Ach, ihr kennt doch die Tricksereien von der alten Fatale«, mischte sich Billy Barrakuda ein. »Und die Dame da unten ist keine Dame, sondern ein Kerl. Der Bart ist echt, aber die Dame nicht.«

Keiner hörte ihm zu. Klara hielt Lina an beiden Schultern. Otto pikste mit dem Zeigefinger gegen eine der nadelharten Haarspitzen.

»Ach, und schau da«, plauderte der Zeitungsreporter weiter. »Jetzt rauscht auch noch die Ginelli an. Wie immer viel zu spät!«

Alle wussten, dass die Filmschauspielerin Gina Ginelli es gar nicht mochte, wenn ihr jemand die Schau stahl. Und Cäcile Cervelat tat das ohne jeden Zweifel. Seit Wochen hieß es in Berlin schon: GG gegen CC.

»Ich erwache wiiiiiie ein Phöniiiiiix aus der Aaaaa-haa-aaasche …«, sang die CC erneut und breitete wieder die Arme weit aus.

Über den Rand des kleinen Balkons sah Klara nun, wie Gina Ginelli in der Tür zum Zuschauersaal stehen blieb. In ihrem Stirnband steckte eine schneeweiße Marabufeder und wippte über ihrem Bubikopf. Alle ließen sich die Haare neuerdings so schneiden. Außer Cäcilie Cervelat mit ihrer goldenen Mähne.

Ebenfalls mit schneeweißen Federn besetzt war der Saum des Kleides von Gina Ginelli. Schneeweiß war auch die Zigarettenspitze der Filmschauspielerin. Sie konnte ihre eleganten Glimmstängel damit ungefähr eine halbe Armlänge von ihrem Gesicht weghalten.

Jetzt schnipste die Ginelli ihrem Begleiter, einem eleganten Typ mit einem schräg sitzenden Zylinder auf dem Kopf, zweimal zu.

»Aus dem verglüüüüüüüheee-enden Liiiiicht fliiiiieg ich …«, dröhnte es von der Bühne. Cäcilie Cervelat schwebte schon fast auf der Höhe der ersten Balkone.

Der Begleiter von Gina Ginelli reagierte sofort auf das Zeichen der Ginelli.

»Oh Gott nein!«, schrien Klara und Lina gleichzeitig.

Offenes Feuer.

Bei dieser Nummer.

Strengstens verboten.

Beim nächsten *Ich erwache wiiiiiie ein Phöniiiiiix aus der Aaaaa-haa-aaasche* würde sich die Sängerin, wenn alles normal verlaufen würde, eigentlich mit einem *Puff!* in Luft auflösen, dann käme eine kleine Stichflamme, ein Häuflein Asche würde auf die Bühnenbretter rieseln. Keiner wusste, wie sie es machte, es war die perfekte Illusion. Paule hatte vermutet, dass es irgendetwas mit einem Gas und mit Spiegeln und einem Ballon, in dem sich die Asche befand, zu tun hatte.

Jetzt aber flammte zuerst das Feuerzeug, dann die Glut der Zigarette von Gina Ginelli auf. Ein Luftzug saugte die Flamme zur Bühne. Dann ging alles so schnell, dass Klara kaum noch eins vom anderen unterscheiden konnte. Ein gewaltiger Feuerball stieg in der muschelförmigen Schale auf der Bühne auf. Das Saxofon jaulte zuerst los, dann jaulte die Saxofonspielerin und warf das glühend heiße Instrument von sich.

Die Gäste schrien, Sektkelche zerbarsten, Kellner duckten sich unter die Tische, Stühle wurden umgestoßen. Trettoff schrie Befehle, Madame Fatale stürzte auf die Bühne, die Ginelli und ihr Begleiter machten sich aus dem Staub.

»Wo ist Fräulein Cervelat?«, fragte Otto.

Von der Künstlerin mit dem goldenen Bart war nichts mehr zu sehen. Nur ein Häufchen Asche lag auf den Bühnenbrettern.

»Ick gloobe, die Vorstellung is jelaufen«, sagte Paule.

2. KAPITEL,

in dem sich alle aus dem Staub machen

»Fire!«, schrie plötzlich eine Männerstimme.

Otto starrte hinunter in den Zuschauerraum. Horatio W. Sourcrowd hatte die Flammen ebenfalls entdeckt.

»Es brennt!«, rief der kugelige Mann und wiederholte es drei- bis viermal, bis auch jeder, der vielleicht noch auf seinem Stuhl gesessen und seinen Champagner ausgetrunken hatte, in helle Aufregung geriet.

»Alle raus hier«, befahl Klara.

»Und zwar so schnell wie der Wind«, stimmte Otto ihr zu.

So einig waren die beiden sich selten.

»Kannste dit nächste Mal nich früher die Haare uffstellen?«, fragte Paule seine Schwester und packte sie im selben Augenblick an der Hand.

Klara hatte schon die Tür zum Gang aufgerissen, aber dort war kein Durchkommen. Die Gäste aus den anderen Logen verstopften den Weg. Ein Mann schubste Klara zur Seite.

»Rüpel!«, schrie Otto. Sein Kopf arbeitete fieberhaft.

Sie waren schon so oft in der »Schwarzen Katze« gewesen und hatten hoffnungslos lange und verschlungene Wege zurückgelegt, bis sie endlich das Büro von Madame Fatale oder den Weg zu den Garderoben oder zurück in die Vorhalle gefunden hatten.

»Wo müssen wir lang?«, fragte Klara.

Otto hatte sonst stets ein sicheres Gespür dafür, wie ein Haus gebaut war; er musste nur davorstehen und sah vor seinem inneren Auge, wie sich Gänge verzweigten, Zimmer aufteilten oder Treppenhäuser durch die Bauwerke wanden. Das hatte ihnen schon oft die Flucht ermöglicht, wenn sie in einer Villa im Grunewald auf der Suche nach einem warmen Platz oder nach etwas zum Futtern gewesen waren.

An diesem Gebäude hier stimmte jedoch etwas nicht. Treppen führten plötzlich in die falsche Richtung, Flure verknäuelten sich, Räume waren nicht mehr dort, wo sie hingehörten.

Das konnte zur tödlichen Falle werden, wenn es brannte.

Plötzlich sprang etwas auf die Brüstung des Balkons: der schwarze Kater, der selten weit von Madame Fatale entfernt war. Die Theaterchefin war jedoch nirgendwo zu sehen. Das sonst so dichte und seidige Fell des Tiers war schon angesengt. Der Kater fauchte wild und sprang zurück von der Loge ins Leere des Zuschauerraums.

»Er sagt, wir sollen ihm folgen«, rief Lina.

»Du bist wohl verrückt!«, brüllte Billy Barrakuda. Er rannte nun doch hinaus auf den Flur, quetschte sich zwischen die

fliehenden Leute. »Mein Fotoapparat, verdammt«, hörte Otto ihn noch rufen.

Otto schaute hinab in den Zuschauerraum. Dort stand der Muskelmann, Madame Fatales persönlicher Assistent. Er winkte Otto zu sich und deutete auf seine Schultern.

Otto verstand. Er kletterte über die Brüstung.

»Otto, was machst du?«, schrie Klara.

Otto ließ sich nicht beirren. Er hangelte sich hinab, hielt sich oben an dem hölzernen Geländer fest und setzte einen Fuß auf die Verzierungen aus vergoldetem Stuck, der sofort abbrach. Er verlor den Halt, rutschte ein Stück, spürte dann aber, wie sich zehn Finger um sein Handgelenk krallten. Beim Blick nach oben sah er Klara, die ihn gerade vor dem Absturz bewahrt hatte.

Er zwinkerte ihr zu, suchte wieder Halt mit den Füßen und schaffte es beim nächsten Versuch, sich auf die Schultern des großen Kerls unter ihm zu stellen. Der Muskelmann umfasste mit hartem Griff Ottos Fußgelenke.

»Klara, jetzt du!« Otto wusste, dass Klara einen Höllenrespekt vor solchen akrobatischen Nummern hatte. Sie hatte die flinksten Finger von Berlin, kein Portemonnaie war vor ihr sicher, aber im Fassadenklettern würde sie nie das Klassenziel erreichen – wenn die Schatten jemals in irgendeine Schule gingen.

Trotzdem zögerte Klara nicht, sondern schwang ebenfalls die Beine über die Brüstung. Sie erreichte Ottos Schultern ohne Mühe und stellte sich darauf. Sie bildeten einen Turm, der fast bis zur Loge reichte. Klara rief Lina herbei. »Einfach an uns hinunterklettern, Lina. Trau dich.«

»Wir sind die beste menschliche Pyramide der Welt«, feuerte Otto Lina an. »Madame Fatale engagiert uns für die nächste Saison.«

Lina zeigte keine Angst. Paule starrte ihr von oben nach. Die Haare seiner kleinen Schwester hatten sich wieder gelegt. Kaum stand sie unten auf sicherem Boden, nahm Paule denselben Weg, Klara folgte ihm und Otto hüpfte mit einem Satz ebenfalls hinab.

»Wo lang?«, fragte er den Muskelmann.

Wortlos setzte sich dieser in Bewegung – ausgerechnet in Richtung Bühne, die lichterloh brannte.

»Ist der Kerl verrückt?«, rief Klara.

»Er kennt hier jeden Winkel«, entgegnete Otto.

Direkt vor der Bühne öffnete der Muskelmann eine Klappe. Eine Rutsche war zu sehen, sie verschwand aber in einem tiefschwarzen Abgrund. Otto starrte hinab. Die drei anderen Schatten umringten ihn.

»Was ist das denn?«, fragte Otto.

»Eine Kohlenrutsche«, sagte eine Stimme hinter ihm.

Madame Fatale.

Lina drehte sich als Erste zu ihr um.

Die Direktorin trug ein paar Aktentaschen in den Händen, eine hatte sie unter den Arm geklemmt, Dokumente quollen daraus hervor. Unter der anderen Achsel lugten Papierrollen hervor. Hinter ihr trippelte Horatio W. Sourcrowd, der ebenfalls mit Kartons und Kistchen bepackt war. Ganz oben schwankte Madame Fatales liebstes Stück, die Kristallkugel, von der die Schatten mittlerweile aber wussten, dass sie nur zur Dekoration diente und noch nie die Zukunft daraus vorhergesagt worden war. Das funktionierte bei Madame nämlich ganz anders.

»Haben Sie den schwarzen Kasten, Horatio?«, fragte Madame streng.

»Den schwarzen Kasten?«, fragte Horatio W. Sourcrowd zurück. »Äh … ja … nein … vielleicht.« Er legte ein Teil seiner Last nach dem anderen ab und begann zu suchen.

»Sollten wir nicht lieber loslaufen?«, fragte Klara.

»Ohne den schwarzen Kasten verlasse ich das Theater nicht. Ich habe jahrelang daran gearbeitet. Ich brauche ihn für die holografische Illusion.«

»Da!«, rief Horatio W. Sourcrowd.

Er hatte den Kasten gefunden.

»Dann los, die Kohlenrutsche hinab!«, befahl Madame und stapelte den ganzen Kram wieder auf Horatio W. Sourcrowds Armen. Den schwarzen Kasten behielt sie dieses Mal selbst.

»Watt soll denn eine Kohlenrutsche mittenmang im Haus?«, fragte Paule.

»Der Zuschauerraum und das Vorderhaus wurden erst später angebaut. Früher verlief die Straße direkt hier entlang.«

»Und da sollen wir rein?«, fragte Klara. »Nie und nimmer.«

»Wie du willst«, sagte Madame Fatale. »Es ist allerdings der einzige Ausweg, wenn ihr hier oben nicht gegrillt werden wollt.«

Aus der Ferne hörte man das Gebimmel der Spritzenwagen der Berliner Feuerwehr.

Ein Funke sprang herüber und leckte gierig an einem dicken, in Leder gebundenen Buch, das ganz oben auf Horatios Stapel lag. Madame schlug mit der flachen Hand darauf. Horatio kam ins Schwanken, aber der Funke erlosch. »Horatio, Sie müssen etwas achtsamer mit meinem Vermögen umgehen«, schimpfte sie das arme Kugelmännchen aus, das ihr zum Dank noch verliebtere Blicke zuwarf.

»Und jetzt los! Durch den Keller finden wir vielleicht noch einen Weg. Außerdem braucht Oscuro unsere Hilfe.«

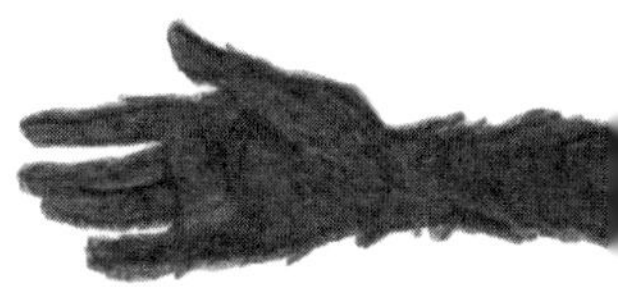

Oscuro! An ihn hatte bisher keiner gedacht. Er lebte im Keller. Als Dunkelmensch vertrug er kein helles Licht und brauchte absolute Dunkelheit. »Auf geht's!«, rief Otto und trat vor die Rutschbahn.

»Nee, ab geht's!«, schrie Klara, die es nicht ertragen konnte, wenn Otto Kommandos gab. Sie sprang zuerst und rutschte mit einem lang gezogenen Schrei hinab in die Tiefe. Nach ihr purzelten Otto, Paule und Lina hinunter, dann Madame Fatale und Horatio, der die Dokumente der Theaterchefin umklammerte. Zuletzt stieg der Muskelmann auf die Rutsche. Er zog die Klappe hinter sich zu und sauste dann ebenfalls hinab.

Wie immer herrschte augenblicklich absolute Stille.

Keine Schreie der flüchtenden Theaterbesucher, kein Klirren und Krachen. Kein Schnaufen des kugeligen Verehrers von Madame Fatale. Und wenn sich einer von den anderen beschwerte, bekam Klara auch davon nichts mit. Nicht einmal den eigenen Herzschlag konnte sie hören.

Als sie zum ersten Mal in diesem Keller gelandet war, hatte sie geglaubt, sie sei tot und in der Hölle.

Oscuro hatte sie damals nur ausgelacht, aber auch das konnte niemand wirklich hören. Weder hörte noch sah man diesen sonderbaren Kauz mit der haarigen Pranke, die er gerne schon einmal überraschend nach seinen Besuchern ausstreckte, um sie zu erschrecken. Aber auch wenn man ihn nicht hörte, konnte man sich doch mit ihm verständigen.

Mit ihm musste man nicht reden, sondern denken. Und es ließ sich leider auch kein einziger Gedanke vor ihm verbergen.

»Herr Oscuro?«, dachte Klara, so laut es ging.

»Wer hat den Bettvorleger hier hereingelassen«, kam als mürrische Antwort. »Ich will diese Flohkutsche hier nicht haben.«

Klara sah ungefähr auf Kopfhöhe die grün leuchtenden Augen des Katers. Wahrscheinlich hatte er sich auf Linas Schulter gesetzt.

»Da sind Sie ja.« Klara war erleichtert.

»Wo soll ich denn sonst sein?« Oscuros Laune war eindeutig sehr schlecht. »Nun redet doch nicht alle durcheinander, man versteht ja kein Wort«, sagte er, dabei herrschte im Keller Totenstille.

Es dauerte eine Weile, bis Oscuro begriffen hatte, was los war.

»Wie bitte? Eine Cervelatwurst fackelt gerade das Theater ab?«

»Ganz genau«, dachte Klara. »Wir müssen raus hier. Und Sie auch. Und zwar schnell.«

»Du liebe Zeit«, seufzte Oscuro. »Nun denn. Alle an die Hände fassen, Köpfe einziehen, los.«

Klara spürte die haarige Pranke in ihrer linken Hand. Die andere ergriff Lina, das fühlte Klara an den zarten Fingerchen. Im Entengang watschelte die Gruppe los, jedenfalls ging Klara davon aus. Sehen konnte sie schließlich nichts. Oscuro zeterte und schimpfte mit Madame Fatale, allerdings konnte Klara deren Antworten nicht hören. Wenn Oscuro es nicht wollte, wurde hier in seiner Welt nichts übertragen. Er war der Herr aller Gedanken und er konnte sie mitteilen oder für sich behalten.

Schon nach den ersten Metern spürte Klara, dass es sogar hier unten nicht mehr so kühl war wie sonst. Auch wenn es eine sonderbare Welt war, in der der Dunkelmensch hauste, feuerfest war sie leider nicht.

»Da sind wir«, hörte sie Oscuro in ihrem Kopf.

Eine Tür öffnete sich und schnitt ein Rechteck aus Licht in die Schwärze. Draußen verströmten Gaslaternen einen gelblichen Schein, eine Lichtreklame flackerte weiter hinten, wo der Nollendorfplatz zu erahnen war. Die Lichter spiegelten sich in der Limousine, die wie immer am Hinterausgang des Varietés auf die Direktorin wartete. Das Feuer hatte sich noch nicht bis zum hinteren Teil des Gebäudes ausgebreitet, aber die Hitze war schon zu spüren und der Himmel färbte sich rot.

Otto, Paule und Lina mit dem Kater im Arm traten an Klara vorbei auf die Straße. Horatio W. Sourcrowd presste Madames Habe an sich und huschte ebenfalls hinaus. Nur von dem Muskelmann war nichts zu sehen, aber Klara ahnte schon seit einiger Zeit, was es mit diesem sonderbaren stummen Diener auf sich hatte.

Auch Madame Fatale stand schon auf der Schwelle. »Kommt nicht in die Tüte«, hörte Klara nun ihre Stimme. »Wir lassen Sie nicht zurück, Oscuro, auf keinen Fall! Auch Dunkelmenschen sind leider brennbar.«

Madame winkte den Muskelmann herbei, der hinter dem Auto hervortrat, und flüsterte ihm etwas zu. Er verschwand wieder in der Dunkelheit. Es polterte und schepperte, etwas quietschte.

»Aua, es ist zu eng«, stöhnte der Dunkelmensch. Scharniere, die lange nicht geölt worden waren, quietschten.

Mit einem monströsen Überseekoffer auf dem Rücken schwankte der Muskelmann auf die Straße.

»Wir sind so weit«, sagte Madame Fatale. »Alles einsteigen! Ich fahre selbst.«

»Jetzt ham wa jerade noch überlebt und nu ditte«, seufzte Paule.

Madame war für ihre schrecklichen Fahrkünste bekannt.

Berliner Lokal-Anzeiger

3. Oktober 1927

Verheerender Brand zerstört berühmtes Varieté am Nollendorfplatz!

von Billy Barrakuda

In der Nacht wurde das Varieté »Schwarze Katze« ein Raub der Flammen. Mitten in der Sensationsnummer der Wiener Künstlerin Cäcilie Cervelat brach ein Feuer aus, das trotz eines Großeinsatzes der Feuerwehr erst nach Stunden unter Kontrolle gebracht wurde. Zwei angrenzende Häuser brannten ebenfalls bis auf die Grundmauern nieder, wobei eine Explosion im Nachbargebäude den größten Schaden anrichtete.

Die Polizei untersucht den Fall. Gerüchten zufolge befand sich im besagten Nachbarhaus mit der Nummer 63 eine illegale Schnapsbrennerei, deren Destillationsgeräte platzten. Der frei gewordene Alkohol verstärkte das Feuer noch weiter.

Hauptkommissar Heinrich Trettoff, der zufällig Gast der Theatervorstellung war, geht nicht von Vorsatz oder irgendeiner Art von Verbrechen aus. »Leider hat der Feuervogel ein bisschen zu sehr mit den Flügeln geschlagen«, sagte der Kommissar.

Mit dieser Bemerkung spielte der Leiter der Mordkommission auf die »Phönix aus der Asche«-Darbietung von Fräulein Cervelat an.

Wie durch ein Wunder kamen keine Menschen ums Leben, jedoch ist Madame Fatale, die Direktorin der »Schwarzen Katze«, derzeit unauffindbar.

Ebenso wird noch nach dem Amerikaner Horatio W. Sourcrowd gesucht. Der Betreiber von mehreren großen Revuetheatern am Broadway in New York City war in Berlin auf der Suche nach neuen Attraktionen für seine Shows.

Die Köpenicker Feuer-Assekuranz erklärte inzwischen, dass in einem solchen Fall keinerlei Erstattungen von der Versicherung zu erwarten seien. Bei Verwendung von Feuer auf der Bühne sei dies ausgeschlossen, sagte Hugo Weinschenk, der Direktor der Feuerversicherung, unter Hinweis auf §137, Abs. 78, Unterabsatz 46 auf Seite 374 der Vertragsbedingungen.

Die Besitzer der Nachbarhäuser meldeten bereits Ansprüche auf Schadensersatz gegen Madame Fatale an.

3. KAPITEL.

in dem ein Amerikaner ein unwiderstehliches Angebot macht

»Wirklich alles?«, fragte Madame Fatale.

Sie saß auf einer der Holzkisten, die den Schatten in ihrem Versteck in der alten Schreinerei am Lützowufer als Stühle dienten. Paule hatte eine Rückenlehne darangeschraubt und Klara hatte ein paar alte Kissen organisiert, sodass die Sitze fast schon bequem waren. Für die erste Nacht hatten die Schatten Madame Fatale Unterschlupf geboten, was diese gerne angenommen hatte.

In der Schreinerei war genug Platz für sie selbst und für den wuchtigen Überseekoffer, in dem Oscuro, der Dunkelmensch, steckte. Von Zeit zu Zeit rumpelte der Koffer, wenn Oscuro sich von einer Seite auf die andere drehte.

Klara nickte.

»Das ganze Theater?«, fragte Madame. Bei den Worten maunzte der schwarze Kater, der sich auf ihrem Schoß eingekringelt hatte, und Schätzchen winselte. Der Hund drängte sich angsterfüllt gegen Linas Beine und ließ den Kater nicht aus den Augen.

Otto nickte.

Lina streichelte mit der linken Hand Schätzchens Kopf, die rechte legte sie auf den Arm der ehemaligen Besitzerin der »Schwarzen Katze«. So traurig hatte sie noch keiner der Schatten gesehen. Klara glaubte sogar, eine Träne im Augenwinkel der sonst so widerborstigen Frau zu entdecken.

»Keiner verletzt?«, fragte Madame Fatale.

»Keener eener« sagte Paule.

Es war ein Wunder. Die Gäste, die Künstler des Varietés, die Bardamen und Bühnenarbeiter – alle hatten sich ohne größere Schäden aus dem brennenden Theater retten können, sogar Hauptkommissar Trettoff, der bis zum Schluss dafür gesorgt hatte, dass keine gefährliche Panik ausgebrochen war.

Ein paar Pelzmäntel waren verschmort, die eine oder andere Dame hatte ihre Absätze verloren, und das falsche Haarteil des Oberkellners, mit dem er seine kahle Stelle auf dem Hinterkopf vertuschte, war ein Opfer der Flammen geworden. Ihm selbst war nichts passiert, weil er die Pracht einfach vom Kopf genommen und in einen Sektkübel getaucht hatte.

Madame Fatale brachte bei dieser Geschichte immerhin ein Lächeln hervor. »Er hat immer steif und fest behauptet, seine pechschwarzen Locken seien echt.«

Nur eine Person blieb verschwunden: Fräulein Cervelat war nirgendwo zu finden, auch in dem Hotelzimmer, dass man für sie im noblen Adlon hatte mieten müssen, war sie nicht mehr aufgetaucht. Angeblich, so munkelte man, sei sie mit dem ersten Nachtexpress nach Wien geflüchtet.

Vom Theater standen nur noch die Grundmauern. Klara und Otto hatten die kümmerlichen Reste des ehemaligen Varietés in den frühen Morgenstunden in Augenschein genommen. Jetzt kramte Klara ein verkohltes ovales Stück Blech mit einer Kette daran aus der Tasche und rieb mit einem Lappen den Ruß ab. Es war das Schild, mit dem vorne an der Tür immer kundgetan wurde, ob es noch Karten für die Vorstellungen gab oder nicht.

AUSVERKAUFT! stand auf der einen, TRETEN SIE EIN UND STAUNEN SIE! auf der anderen Seite. In der Mitte buckelte sich der Schattenriss der Katze.

Madame strich Klara über die Schiebermütze. Jetzt schluchzte sie wirklich. Aber nur ganz kurz, dann hatte sie sich wieder unter Kontrolle. »Ich muss es mir ansehen«, erklärte sie. »Wir müssen uns sofort daranmachen, die ›Katze‹ wieder aufzubauen.« Sie erhob sich. Der Kater hüpfte von ihrem Schoß und verschwand irgendwo in den hinteren Räumen der Schreinerei.

»Dit is wohl nich so ’ne jute Idee«, sagte Paule.

»Stimmt«, pflichtete Lina ihrem Bruder bei und las die Stelle aus der druckfrischen Ausgabe des *Berliner Lokal-Anzeigers* vor. Es suchte schließlich nicht nur die Polizei wegen Gefährdung der öffentlichen Sicherheit nach der Chefin des Theaters, sondern auch der Eigentümer des Nachbarhauses.

»Mit dem lässt sich doch reden«, rief Madame Fatale aus. »Er bekommt jeden Abend einen Ehrenplatz und ich zahle den Schaden ab.«

Aber Lina hatte gehört, dass die Summe in die Hunderttausende ging. Da setzte Madame Fatale sich wieder hin. »Dafür müssen wir Vorstellungen geben bis … bis …«

Bis in alle Ewigkeit, dachte Klara, aber sie sagte lieber nichts. Viel schlimmer war etwas anderes: Das Nachbarhaus des Varietés gehörte über drei Ecken und vier Strohmänner keinem anderen als Ludwig Pringelkopf, genannt Promille-Lude, einem der Unterweltbosse von Berlin. Er hatte in dem Haus so viel Schnaps brennen lassen, dass man damit eine Woche den Landwehrkanal hätte fluten können.

»Ick würd ma sajen, dem juten Promille-Lude sollten Se nich so bald inne Arme loofen!«

Otto stimmte Paule zu. »Die Spatzen pfeifen es von den Dächern. Er hat jedem frei Saufen versprochen, der Sie ans Messer liefert.«

»Aber was soll ich denn tun?«, fragte Madame Fatale. »Ohne Theater, ohne Vorstellungen kann ich kein Geld verdienen. Dann sind wir am Ende. Und Oscuro? Auf Dauer brauchen wir einen Keller oder zumindest einen dunklen Raum für ihn.«

»Ick könnt ma bei de Jebrüder Sass anklingeln, vielleicht steht ma wieda een kleener Bankraub an«, schlug Paule vor, erntete aber nur strenge Blicke von den anderen Schatten. Wie konnte er Madame Fatale so etwas vorschlagen!

»Mein letzter Bankraub liegt dreißig Jahre zurück«, sagte Madame Fatale, ohne eine Miene zu verziehen.

Otto fiel die Kinnlade auf die Brust. Für einen kleinen Moment stiegen Linas Haare in die Luft, beruhigten sich aber sofort wieder. Paule pfiff anerkennend durch die Zähne. Klara schluckte.

Madame Fatale war ihnen bisher immer ein bisschen kratzbürstig und ganz und gar geheimnisvoll erschienen. Niemals hätte Klara jedoch damit gerechnet, dass die Dame mit dem strengen Dutt und den meistens zwischen helldunkelblau und dunkeldunkelblau liegenden Kostümen etwas ernsthaft Ungesetzliches tun würde.

»Damals habe ich Horatio W. kennengelernt und seitdem ist er mir verfallen.« Am Ende dieses Satzes entwich Madame Fatale ein gefühlvoller Seufzer.

»Wat isser ihr?«, flüsterte Paule.

»Total verrückt nach Madame«, raunte Klara zurück.

»Das hat ihn allerdings nicht daran gehindert, in den vergangenen dreißig Jahren sieben Damen die ewige Treue zu schwören.« Madame Fatale lachte. »Er heiratet einfach zu gerne, auch wenn es ihn jedes Mal ein Vermögen gekostet hat.«

»Een Vermöjen wäre jerade nich schlecht«, sagte Paule.

»Ähääm ...«, erklang es plötzlich hinter dem etwas zerschlissenen Vorhang, den die Schatten zur Abtrennung vor ihre Matratzen gespannt hatten.

Nicht einmal einen Herzschlag später standen Otto, Klara, Lina, Paule und Schätzchen auch schon auf den Beinen, bereit, die Flucht anzutreten. Das hatten sie in der Zeit, seit sie aus dem Waisenhaus der schrecklichen Tante Elfi entflohen waren, gelernt: immer auf der Hut sein, immer einen Fluchtweg kennen, nie zu lange zögern. Nicht umsonst lautete die Parole der Bande: *Wir sind die Schatten, schnell und schlau, keiner sieht sie je genau.*

Ein Eindringling konnte nichts Gutes bedeuten! Sie hatten alle Zugänge zur Schreinerei vernagelt und verbarrikadiert. Wer hier reinwollte, musste den beschwerlichen Weg durch das Fenster im ersten Stock kennen. Der Zugang war zudem vor Kurzem mit einer von Paule entwickelten Alarmanlage gesichert worden. Wer den Trick nicht kannte, setzte unweigerlich ein riesiges Tohuwabohu in Gang, wenn nicht Paules Maschine gerade wieder einen kleinen Fehler hatte.

»Plan B«, zischte Klara.

Ohne zu zögern, drängelten sie sich in der Mitte des Raums. Paule reckte sich in die Höhe. Er zog sein Taschenmesser, streckte den Arm weit nach oben und durchtrennte das Stück einer alten Wäscheleine, an der schon lange keine Unterhose zum Trocknen aufgehängt worden war. Im selben Augenblick puffte und paffte es in jeder Ecke des Raums, eine Mischung aus Rauch, Papierfetzen und Spänen erfüllte die Luft, Blechdosen schepperten.

Gleichzeitig gellten die Schreie von Lina durch den Raum, denn der Boden unter den Füßen der Schattenbande öffnete sich, und sie plumpsten eine Etage tiefer, wobei eine trockene gelbliche Wolke aufstaubte. Schätzchen fiel direkt in Linas Schoß.

Plan B hatten die Schatten noch nie genutzt, denn es war noch nie jemand unberechtigt in den Unterschlupf der Bande eingedrungen. Wie viele von Paules Erfindungen war auch dieser Notausstieg aus dem Versteck, bei dem sie in eine große Kiste gefüllt mit Sägemehl plumpsten, noch verbesserungswürdig.

Das aufgewirbelte Sägemehl drang Klara in die Augen, die Nase, den Hals. Sogar in den Ohren kitzelte es. Sie konnte die Hand vor Augen nicht sehen. Auch die anderen husteten und spuckten, rangen nach Atem und niesten.

»Großartige Show!«, hörte Klara eine Stimme von oben. Sie klimperte mit den Wimpern und erkannte nun, während der Staub sich wieder legte, wer da von oben auf die gelb gepuderten Gestalten der Schatten hinabschaute: Horatio W. Sourcrowd.

Zu seiner Linken stand Madame Fatale, in deren Dutt sich ein paar Papierfetzen verfangen hatten. Sie hielt sich ein Taschentuch vor den Mund. Rechts von Horatio beugte sich Madame Fatales Muskelmann zu den Schatten hinab und streckte ihnen seine außerordentlich kräftigen Arme entgegen.

»Komm, Lina, ich helfe dir«, sagte Otto. Gemeinsam mit Paule hob er Lina hoch, der Muskelmann packte zu und hievte zuerst die Kleinste der Schatten und dann die anderen wieder hinauf. Zum Schluss setzte Schätzchen mit einem gewaltigen Sprung nach oben. Er schüttelte sich und erzeugte dabei eine mächtige Staubwolke. Der Muskelmann verzog angewidert das Gesicht.

»Da muss ick noch een bisschen dran arbeiten«, sagte Paule bedröppelt.

Der kleine dicke Mann schaute den verstaubten Gespenstern freundlich ins Gesicht. Paule klopfte er anerkennend auf die Schulter, worauf dieser erneut in eine Wolke gehüllt wurde und hustete. »Hey boy, don't worry!«, sagte er auf Englisch, verfiel dann jedoch in seinen schwäbischen Dialekt. »Aller Anfang ist schwer, als ich am 18. April 1883 in New York an Land gegangen bin, war ich arm wie eine Kirchenmaus. Und heute? Heute gehören mir fünfzehn Theater all over the country, im ganzen Land, meine ich. Und ein Mississippi-Schaufelraddampfer. Wir brauchen drüben über den Ozean Jungs wie dich. Jungs, die sich was einfallen lassen. Vielleicht machst du Strom aus Sonnenlicht oder erfindest Strümpfe ohne Laufmaschen, meine Showgirls würden dich dafür lieben. Eines Tages hast du *die* Idee, und schwups wirst du Millionär.«

Paule grinste.

»Setzen Sie dem Paule mal keine Flausen in den Kopf«, sagte Klara. Sie war ziemlich ärgerlich darüber, dass Sourcrowd sie in ihrem Versteck überrascht hatte. »Wie sind Sie überhaupt hier reingekommen?«

»Die kleine schwarze Bestie ist mir am Telegrafenamt über

den Weg gelaufen und hat so jämmerlich miaut, bis ich sie erkannt habe und ihr gefolgt bin.«

Der Kater streifte um Madame Fatales Beine herum. Er schnurrte zufrieden.

»Aber jetzt haben wir genug geplaudert.« Horatio W. Sourcrowd kramte in den Innentaschen seines Jacketts und zog einige knisternde Blätter Papier hervor. »Ich habe ein paar Telegramme verschickt, die Antworten sind schon da, und nun müssen Sie, liebste verehrte Madame Fatale, nur noch Ja sagen. Das Rising-Star-Theater erwartet Sie schon, wir stellen das gesamte Programm um, in spätestens vier Wochen geht die Premiere über die Bühne.«

»Horatio, ich verstehe nicht ganz«, sagte Madame Fatale.

Lina nahm dem Mann die Blätter aus der Hand und las: »no problem +stopp+ können neue attraktion brauchen +stopp+ madame fatale und ihre truppe sollen sofort kommen +stopp+«

»The Black Cat!« Sourcrowd zog mit einer Hand den Schriftzug durch die Luft, als sähe er die Leuchtreklame am Broadway, der berühmtesten Theatermeile New Yorks, schon vor sich. »Sie und Ihre ganze Truppe spielen sechs Wochen im größten Revuetheater an der Ostküste, danach gehen wir auf Tournee. Philadelphia, Baltimore, Atlanta, St. Louis, Chicago, San Francisco – wo immer Sie wollen!«

»Amerika?«, fragte Madame Fatale ungläubig.

»Yes!«, rief Horatio W. Sourcrowd. Seine gute Laune war geradezu ansteckend.

»Cowboys und Indianer!«, rief Otto. »Der Wilde Westen!«

»Den gibt es längst nicht mehr«, sagte Lina.

»Eene Erfindung und wir wärn Mijonäre«, seufzte Paule.

Klara hatte schon Bilder von den Hochhäusern in New York gesehen, Wolkenkratzer wurden sie genannt. Vielleicht konnte man dort oben wirklich den Himmel kitzeln! Aber dann verscheuchte sie alle diese Gedanken. Sie konnten ja gar nicht mitkommen. Unbehagen machte sich in ihr breit. Madame Fatale war ihr zwar unheimlich, aber sie hatte den Schatten schon einige Male in letzter Sekunde geholfen. Am anderen Ende der Welt würde sie das nicht können.

»Mit der Gage für die Amerika-Tour können Sie nachher das Wintergarten-Varieté hier in Berlin kaufen. Das Schiff für Ihre Truppe geht nächste Woche!«, sagte Sourcrowd.

»Auf keinen Fall, kommt nicht infrage!«, platzte es aus Madame Fatale heraus.

Die Schatten schauten sie erstaunt an. Was sollte das denn jetzt? Das war doch *die* Chance!

»Denken Sie doch nur an das viele Geld!«, sagte Klara.

»Und an das gute Essen und Trinken«, sagte Lina, und Otto fügte hinzu: »Ein warmes Plätzchen für die ganze Truppe.«

»Und nach 'n paar Wochen is Gras üba die Sache jewachsen und Promille-Lude hat sich beruhicht«, meinte Paule.

»Keinen Fuß setze ich auf ein Schiff, das wissen Sie ganz genau, Horatio!« Madame verschränkte die Arme vor der Brust. »Unsinkbar!«, schnaubte sie, »unsinkbar sei diese *Titanic*, so hieß es damals, und dann reichte ein Eisbrocken bei Neufundland, und gluck … gluck … gluck.«

»Meine liebste Madame!«, säuselte Horatio W. Sourcrowd. »Wie könnte ich vergessen, wie Sie sich im Rettungsboot in meine Arme geschmiegt haben?«

»Im Rettungsboot?«, fragte Otto. »Waren Sie etwa …«

»Auf der *Titanic*?«, beendete Klara die Frage.

»Madame und ich waren beide auf der Jungfernfahrt dabei«, strahlte Horatio. »Und zum Glück haben wir überlebt.«

»Sonst wären wir ja wohl heute nicht hier«, erklärte Madame Fatale kühl. »Und dass ich mich an Sie geschmiegt habe, ist eine glatte Lüge, Horatio. Ich schmiege mich niemals an.«

»Wie dem auch sei«, sagte Horatio. »Ich habe selbstverständlich an alles gedacht. Ihre Truppe schifft sich mitsamt dem Gepäck in Bremerhaven ein, aber für uns beide habe ich eine Passage auf der *Isabella* gebucht.«

»Dit gloob ick nich«, sagte Paule. »Uff dit Luftschiff?«

Horatio W. Sourcrowd nickte mit einem Ausdruck größten Stolzes im Gesicht. »In nicht einmal einer Woche landen wir in Lakehurst.«

»Wir fliejn mit eenem Luftschiff?«

»Fahren«, verbesserte seine kleine Schwester ihn. »Luftschiffe fliegen nicht, sie fahren.«

»Und nicht wir, sondern Madame Fatale fliegt«, fügte Klara hinzu. »Fährt, meine ich natürlich.«

4. KAPITEL.

in dem Paule mal kurz verschwindet

»Wo ist Paule?«, fragte Otto.

Lina zuckte die Achseln. Ihr Bruder hatte sich kurz nach der Ankunft in der gigantischen Abflughalle am Flugfeld Staaken verdrückt und etwas von »mal müssen« gemurmelt. Allerdings war er nun schon zwanzig Minuten weg. So lange konnte doch niemand müssen müssen.

In dem Gewühle der Menschen verlor sich ein Junge wie Paule schnell. Selbst eine Herde Ponys oder eine Truppe von Revue-Girls hätte man in dem Gedränge aus den Augen verloren. Obwohl das Luftschiff nur ein paar Dutzend Passagiere befördern konnte, wuselte halb Berlin darum herum.

Der Start der *Isabella* war eine Sensation, schließlich hatte der berühmte Chef der Deutschen Luftschifffahrt AG, Hubert Zeckenbart, einen neuen Geschwindigkeitsrekord angekündigt.

Ein Rundfunkreporter blökte in sein Mikrofon: »Hier meldet sich die Deutsche Welle, Sender Berlin, vom Flugfeld Staaken. Wir berichten vom kurz bevorstehenden Start der *Isabella.* Vor zehn Minuten kamen die letzten Wettermeldungen herein, einem pünktlichen Start …«

Madame Fatale stand mit Horatio W. Sourcrowd und Lina an einem kleinen Rondell, das für die Fluggäste und ihre Angehörigen reserviert war. Sie winkte Klara und Otto herbei. In der Wartehalle wurden Getränke und Häppchen für die Passagiere gereicht.

»Wo ist Paule?«, fragte nun auch Lina. Sie hielt Schätzchen an der Leine, der ebenfalls den Kopf nach Paule reckte.

»Hoffentlich stellt er nichts an«, sagte Klara.

»Das ist doch eher dein Revier hier.« Otto grinste. Er hatte schon bemerkt, dass Klara die vornehmen Fluggäste und die Schaulustigen genau unter die Lupe genommen hatte. Klara hatte einen scharfen Blick dafür, bei wem etwas zu holen und wer nur ein armer Schlucker in schicken Klamotten war.

War die junge Frau im erbsengrünen Mantel eine Kandidatin? Sie trug ein schmales, bis tief in die Stirn sitzendes Hütchen, dessen Federn vor ihrer Nasenspitze wippten, und ihre Hände versteckte sie in einem Muff aus zartrotem Fuchspelz. Um den Hals trug sie eine dreireihige Perlenkette, die allerdings auch aus falschen Perlen bestehen konnte.

Oder der Herr im karierten Flanellanzug mit der bauchigen Tasche aus verwittertem Segeltuch? Nein, ein armer Schlucker!, dachte Otto. Wie konnte er sich nur das Billett für die Reise mit einem Luftschiff leisten?

Oder gar die Dame mit dem Hündchen auf dem Arm? Es sah aus wie eine zu groß geratene Fledermaus und saß in einer Handtasche aus Krokodilleder. Die Fledermaus stibitzte eine Scheibe feinster Gänsebrust nach der anderen vom Teller der Dame. Otto lief beim Anblick der Leckerei das Wasser im Mund zusammen.

»Halt deine Finger im Zaum«, flüsterte er Klara zu.

Mit Madame Fatale und Horatio W. Sourcrowd im Schlepp-

tau kam nicht einmal ein klitzekleiner schneller Griff in eine Hand- oder Hosentasche all dieser Kandidaten infrage.

In den letzten Tagen hatte der amerikanische Theaterbesitzer sie mit allem versorgt, was ihr Herz und ihr Magen begehrte, aber in nicht einmal einer Stunde würde Sourcrowd in dieser riesigen Zigarre über den Atlantik davonschweben.

Ein junger Bursche in einer blauen Livree durchquerte den Raum. Er hielt in einer Hand eine golden schimmernde Glocke, mit der anderen schlug er den Klöppel. Das Dingdong erregte die gewünschte Aufmerksamkeit.

»Werte Herrschaften, Ladies and Gentlemen, die Deutsche

Luftschifffahrt AG gibt den baldigen Start ihres Luftschiffs *Isabella* bekannt. Bitte begeben Sie sich jetzt durch den Ausgang B zum Einstiegsbereich. Die Gesellschaft weist noch einmal darauf hin, dass entflammbare Gegenstände und Flüssigkeiten an Bord strengstens verboten sind, ebenso bitten wir Sie, Feuerzeuge, Pfeifen, Zigarren und Zigaretten beim ersten Steward an der Einstiegstreppe abzugeben. Selbstverständlich erhalten Sie Ihr Eigentum beim Verlassen des Luftschiffs in Lakehurst zurück. Tiere sind in den Passagierkabinen ebenfalls nicht zugelassen. Die Gesellschaft stellt Ihnen passende Transportkisten für den Gepäckraum zur Verfügung.«

»Hast du gehört, Schätzchen?«, fragte Otto. »Du darfst jedenfalls nicht an Bord.«

»Du auch nicht«, sagte Lina. »Oder hast du eine Fahrkarte?«

Die ersten Passagiere verabschiedeten sich von ihren Angehörigen, ein Mädchen mit blonden Zöpfen, die lustig an den Seiten ihres Kopfes wippten, stieß Klara zur Seite und rannte zu seinen Brüdern.

»Schau nur, Klara«, sagte Madame Fatale, die den ganzen Morgen kein Wort verloren hatte, »so hübsch könntest du auch aussehen, wenn du deinen blonden Haarschopf nicht immer unter einer Schiebermütze verstecken würdest.«

Klara schnaubte nur verächtlich. Sie gab nicht viel darauf, wie man angeblich auszusehen hatte. Und mit der Nase draufstupsen durfte man sie schon gar nicht. Auf den Straßen von Berlin war es meistens viel besser, wenn niemand auf den ersten Blick erkannte, dass sie gar kein Junge war.

»Miss Myers«, rief das Mädchen. »Where's Dolores? I can't find her! I can't leave without my doll.« Tränen strömten dem Kind über die Wangen.

»Was ist passiert?«, fragte Otto.

»Sie hat ihre Puppe verloren«, sagte Lina. »Dolores.«

In ihrer Stimme mischten sich ein wenig Verachtung und Neid. Otto wusste, dass Lina sich schon immer eine Puppe gewünscht hatte, am liebsten eine mit echten Haaren und Klimperaugen. Andererseits fühlte sich das jüngste Mitglied der Schattenbande viel zu erwachsen für eine Puppe.

Otto hatte die Puppe längst entdeckt.

Das Spielzeug war vor ein paar Minuten unter die Bank bei den Tischen am Fenster der Wartehalle gerutscht. Dolores trug ein Kleid aus roter Seide mit einer Schürze aus zart durchbrochener Spitze, hatte dicke blonde Zöpfe und ein Halsband, an dem ein tiefgrüner Stein schimmerte. Die Puppe war ein Vermögen wert.

Otto hatte sich schon vorgestellt, wie Lina strahlen würde, wenn sie zu Weihnachten dieses Geschenk unter dem spärlichen Weihnachtsbaum in der alten Schreinerei vorfinden würde.

Das Mädchen weinte jedoch immer jämmerlicher. Die beiden Brüder wollten mit der Suche nach der Puppe beginnen, aber die Kinderfrau klatschte in die Hände und scheuchte sie nach draußen.

Otto brachte es nicht übers Herz. Er lief zu der Bank, zog die Puppe hervor und rannte dem Mädchen nach. »Hier, bitte schön.« Sofort versiegten die Tränen.

»Dolores!«, schrie das Mädchen und nahm die Puppe entgegen. »Thank you very much!« Das Mädchen strahlte über beide Wangen.

»Hurry up, Amy!«, rief die Kinderfrau. »Quick!«

Amy schlang beide Arme um Otto und drückte ihm einen Kuss auf die Wange. »What's your name?«, fragte sie.

Otto schaute sie verwirrt an.

Nach jedem deutschen Wort suchend, fragte das Mädchen: »Wie … heißt … du?«

»Otto.«

»Thank you very much, mein … lieber … Otto.« Erst jetzt folgte das Mädchen dem Befehl der Kinderfrau, sich zu beeilen.

»Oho«, sagte Klara spöttisch, »der Herr hat eine Verehrerin gefunden!«

Ottos Wangen liefen rot an. »Quatsch«, knurrte er und folgte Madame Fatale und Horatio W. Sourcrowd nach draußen.

»Was ist das denn für eine feine Gesellschaft«, überraschte sie dort kein anderer als Billy Barrakuda, der Reporter des *Berliner Lokal-Anzeigers.*

»Du lässt dir auch nichts entgehen«, begrüßte Otto ihn.

»Natürlich nicht«, sagte Billy und winkte auch schon einen Fotografen herbei. »Willi, mach mal hinne, hier gibt's was zu knipsen.«

»Was soll ich denn knipsen, die Ginelli oder den Zeckenbart oder das Luftschiff oder deine Knirpse?« Der Fotograf zeigte auf Otto und Klara.

»Mach mal zuerst die Ginelli«, gab Billy zurück. »Die Ginelli treibt sich überall herum, wo sie die Presse wittert.«

Ausgerechnet Gina Ginelli, dachte Otto. Letztendlich war doch die Schauspielerin schuld am Brand in der »Schwarzen Katze«.

»Aber jetzt zu euch«, wandte Billy Barrakuda sich an die Schatten und ihre Begleiter. »Halb Berlin will wissen, wo sich Madame Fatale aufhält. Wenn mich nicht alles täuscht, flüchtet sie gerade ins Ausland.« Er sagte das mit einem nicht ganz ernsten Unterton, aber eines war klar: Eine gute Story ließ Billy Barrakuda sich nur in einem Fall entgehen – wenn er nämlich eine noch bessere Geschichte in Aussicht hatte.

»Lieber Mister Barrakuda«, drängelte sich Horatio W. Sourcrowd nach vorne, »um diese Sache müssen wir doch kein großes Aufhebens machen. So etwas lässt sich unter Geschäftsmännern doch schnell aus der Welt schaffen.«

Mit seinen kurzen Fingerchen, die an zu klein geratene Frankfurter Würstchen erinnerten, zog der Amerikaner eine Brieftasche hervor.

Sogar Otto – der keineswegs über den geübten Blick eines Taschendiebs verfügte – hatte schon bei der ersten Begegnung mit Sourcrowd bemerkt, dass sich unter den Jacken des Mannes nicht nur seine Speckrollen, sondern auch eine üppige Beute abzeichnete. Selbstverständlich waren diese Jacken und ihr Inhalt Sperrgebiet für Klaras Finger gewesen.

Aus der Brieftasche quoll ein ganzer Packen der grünen Scheinchen hervor, die Sourcrowd während seines Berlinaufenthalts so ziemlich alle Türen geöffnet hatten. US-Dollar. Viele schöne US-Dollar.

Scheine, auf denen nicht eine 1, nicht eine 10, sondern eine runde 100 prankte. Mit dem Stapel, den er jetzt in der Hand hielt, würden Klara, Lina, Paule und Otto ohne Not über vier Winter kommen.

»Sie wollen mich doch nicht bestechen!«, empörte sich Billy Barrakuda.

»Wie kommen Sie denn auf so was?«, gluckste Horatio W. Sourcrowd.

Otto war sich nicht ganz sicher, ob die Empörung nur gespielt war und Billy schlichtweg den Preis für sein Schweigen in die Höhe treiben wollte. Eigentlich ging Billy seine Ehre als Reporter über alles. Tatsächlich schob er Sourcrowds Hand mit dem Geld zurück.

»Kommt gar nicht infrage«, sagte er. »Ich will keine Dollars, ich will heiße Storys. Sie schicken mir alles von den Stars am Broadway, in Ordnung?«

Ein schrilles Lachen ertönte an der Einstiegstreppe zum Luftschiff.

»Die Ginelli«, seufzte Billy. »Ich muss los. Ich bin gespannt, wer ihr neuester Liebhaber ist.«

Billy verschwand im Gedränge.

»Time to say goodbye.« Horatio W. Sourcrowd war bester Laune.

»Wenn das alles nur gut geht«, seufzte Madame Fatale.

Otto hatte sie noch nie so verzagt gesehen. Von dem Gedanken, auf Amerika-Tournee zu gehen, war sie nicht gerade begeistert gewesen. Doch sie hatte eingesehen, dass es der einzige Weg war, dem Bankrott zu entrinnen.

Der Junge in Livree kurvte erneut durch die Menschenmenge. »Das ist der letzte Aufruf für die Passagiere …« Er warf einen Blick auf einen Zettel in seiner Hand. »… Frau Elfriede Weiterscheit-Treidelstein …«

»Fräulein!«, rief die Dame mit dem Fledermaushündchen, das jetzt allerdings verschwunden war.

»Fräulein Weiterscheit-Treidelstein …« Er hakte einen Namen ab, dann rief er: »Baronin Tamara von Laske?«

»Oh, ist es schon so weit?«, antwortete die junge Dame mit dem erbsengrünen Mantel und dem Pelzmuff. »Noch ein Sekündchen!«, flehte sie den Burschen an, klimperte mit den tiefschwarzen Wimpern, die vor ebenso tiefschwarzem Lidschatten schwebten. Sie zog eine Hand aus dem Muff und strich dem jungen Mann zart über den Handrücken. Verschwörerisch hauchte sie: »Ich muss noch einmal … Sie wissen schon …«

Der Bursche seufzte. Vielleicht wegen der zärtlichen Berührung, vielleicht aber auch, weil er wusste, wie lange es dauern konnte, bis eine Dame sich die Nase gepudert hatte. Trotzdem setzte er einen Haken hinter ihren Namen und rief: »Madame Fatale und … äh … Ho … Ho-ra-ti-o Wehpunkt Sauerkraut?«

Sourcrowd wedelte mit den Wurstfingerchen. »Here we are!«

Hastig verabschiedete sich Madame Fatale von Klara, Lina und Otto. »Haltet die Ohren steif«, rief sie beim Besteigen des Luftschiffs. »Silvester feiern wir alle zusammen in Berlin. In eurer Schreinerei oder in der neuen ›Schwarzen Katze‹, das verspreche ich euch.«

Über Linas Wange kullerte eine Träne. Otto legte einen Arm um Linas Schulter. Klara wusste, dass er Madame Fatale genauso gruselig fand wie sie selbst. Lina jedoch hatte in der Theaterchefin fast schon eine Freundin gefunden, etwas verband die beiden miteinander. »Sie kommt bestimmt bald wieder«, tröstete Otto das jüngste Mitglied der Schatten.

»Ja, bestimmt«, schniefte Lina. »Wo ist Paule bloß?«, fragte sie dann.

5. KAPITEL,

in dem sich eine Dame aufs Herrenklo verirrt

Ein so schickes Klosett hatte Paule noch nie gesehen. Schon gar nicht hatte er darauf gesessen und so gemütlich sein Geschäft verrichtet. In der Schreinerei gab es gar keins, dort musste man hinten im Hof auf ein Plumpsklo gehen. Es stank furchtbar, im Winter fror man sich den Hintern ab, und im Sommer wanderten oben auf den Balken Ratten herum, so groß wie der Kater von Madame Fatale.

Paule seufzte zufrieden. Er wollte gerade an der Kette ziehen, um das Wasser aus dem Spülkasten hinabrauschen zu lassen, da sagte im Vorraum, wo die Waschbecken waren, eine etwas quietschende Stimme, die ihm irgendwie bekannt vorkam: »Das wurde aber auch höchste Zeit.«

Zu wem gehörte diese Stimme?, grübelte Paule. Sie war für einen Mann eigentlich viel zu hoch, er kannte nur eine Person mit einer so fiepsigen Stimme: Der Mann vor der Toilettenkabine musste Rudi Siebenstein sein.

An Rudis Atelier in der Zähringer Straße hing ein verschnörkeltes Schild mit der Aufschrift *Rudolf Siebenstein, Kunst- und Porträtmaler.* Von Rudi ließen sich viele Herrschaften malen, die irgendwie zu Geld gekommen waren und – genau wie die wirklich vornehmen Leute – mit einem Ölgemälde von sich angeben wollten.

Rudi war ein guter Porträtmaler, aber er konnte etwas anderes viel, viel besser: Banknoten fälschen. Er hängte das nur nicht an die große Glocke. Rudi fertigte die besten Blüten in ganz Berlin an, angeblich war er sogar Weltmeister darin.

»Hier ist alles drin«, fiepste er. »Pass gut darauf auf. Und auf dich. Blinde Passagiere schubsen sie über dem Atlantik aus dem Zeppelin.«

»Ich konnte nicht früher, Rudi!«, entschuldigte sich eine zweite Stimme.

Paule schluckte. Eine Frau. Auf dem Männerklo? Er stieg vorsichtig auf den Rand der Kloschüssel. Langsam schob er den Kopf über die Abtrennung und lugte hinüber. Er hatte sich nicht getäuscht. Da stand Rudi Siebenstein, schnieke wie ein Bankdirektor im dunkelblauen Anzug mit Nadelstreifen, die blonden Haare mit Pomade messergerade gescheitelt. Nur an seinen Händen erkannte man, was er sonst eigentlich tat. Sie waren mit Ölfarbe beschmiert.

Er überreichte einer jungen Frau in einem grünen Mantel ein Päckchen. Es war in braunes Papier eingeschlagen und wurde von einer rot-weißen Kordel gehalten. Es entglitt der Frau fast.

»Hoppla«, stieß sie aus.

»Pass auf«, rief der Kunstmaler mit Schrecken in der Stimme aus.

»Nicht in diesem Ton, Herr Siebenstein. So spricht man nicht mit einer Baronin.«

»Denk daran, wer dich zur Baronin gemacht hat«, gab Siebenstein zurück. »Hier sind deine Papiere: Pass, Geburtsurkunde – alles frisch und perfekt, ein wahres Meisterwerk. Hast du das Billett?«

»Natürlich!«, antwortete die Frau.

Siebenstein lächelte sie nun wieder an, schlang beide Arme um sie und drückte ihr einen Schmatzer auf die Lippen. Dann half er ihr, das Päckchen in ihrem Muff zu verstauen. Aha, dachte Paule, nun sah man endlich einmal, was die Damen der Gesellschaft in diesen runden Dingern aus Pelz noch alles versteckten – außer ihren kalten Händen. »Du schmuggelst das Päckchen an Bord und tust alles, wie wir es besprochen haben. Sobald die *Isabella* in Lakehurst gelandet ist, verdünnisierst du dich und schickst mir das vereinbarte Telegramm. Und zu keinem ein Wort, ich traue den Burschen nicht«, beschwor er sie. »Diese Amerikaner sind zu allem fähig, und wenn man ihnen irgendwie in die Quere kommt …« Was dann passieren würde, sprach er nicht aus.

Die Frau atmete tief ein, um eine Antwort zu geben, aber Siebenstein rannte hinaus und stieß an der Tür mit einer weiteren Person zusammen.

Hier is ja een Durchjangsverkehr wie uffm Anhalter Bahnhof, dachte Paule.

Er stieg von seinem Ausguck herab und hörte, wie die Dame

sich bei dem Neuankömmling entschuldigte: Sie habe sich wohl in der Tür geirrt. Jetzt betätigte Paule die Klospülung und trat hinaus. Er traute seinen Augen nicht.

Den Burschen am Pissoir kannte Paule. Er war fast noch ein Junge, nur ein paar Jahre älter als Paule.

»Hänschen Hasenfuß! Ick gloob, ick spinne!«

»Paule Popowalski! Ich glaube es nicht, sondern ich bin mir ganz sicher, dass du spinnst!«, antwortete Johannes Tropf.

In Tante Elfis Waisenhaus hatten ihn alle nur Hans oder Hänschen oder Hänschen Hasenfuß genannt, was meistens mit einer wilden Schreierei, einer Verfolgungsjagd und manchmal auch mit einer Prügelei geendet hatte. Johannes Tropf war nämlich ein bisschen kleiner und ein bisschen schmaler als die anderen Jungs im Schlafsaal gewesen, aber ein zäher Bursche, der sich niemals die Wurst vom Brot hatte nehmen lassen – wenn es Wurst gegeben hätte. Das war bei der gemeinen Waisenhausleiterin so gut wie nie vorgekommen.

»Vornehm sin' wa jeworden.« Paule zupfte an der dunkelblauen Uniform mit den Abzeichen der Deutschen Luftschifffahrt AG. »Aba jewachsen sin' wa nich so dolle.«

Für die Bemerkung erntete Paule eine Kopfnuss. Hans war zwar ein paar Jahre älter, aber höchstens ein paar Zentimeter größer als Paule.

»Hat alles seine Vor- und Nachteile«, erwiderte Hans. »Als Kabinenjunge in einem Luftschiff muss man wendig und rege sein und jedes Gramm weniger auf der Waage gibt mehr Auftrieb.«

Paule fiel die Kinnlade runter. »Hab ick Luftschiff jehört?«

Hänschen nickte stolz. »Haste!«

»Du fliechst mit die Riesenzigarre nach Njujork?«, fragte Paule ungläubig.

»Um genau zu sein, *fahre* ich, und um noch genauer zu sein: Wir landen in Lakehurst, das gehört zum Bundesstaat New Jersey, gleich nebenan von New York.«

Jetzt gab Paule die Kopfnuss zurück. »Een Besserwisser biste ooch jeworden.«

»Ich hab was aus mir gemacht, Paule Pupsdeckel!«, konterte Hans.

»Daruf musste dia nüscht einbilden, Hansi Hustenfurz.« Paule breitete die Arme aus. Hans war im Waisenhaus der Einzige gewesen, der außer den anderen Schatten zu Paule gehalten hatte. »Komm in meene Arme.«

Die Jungs umarmten sich und schlugen sich kräftig auf den Rücken, ein alter Brauch, der früher immer in eine Rangelei quer durch den Schlafsaal übergegangen war. Heute löste sich Hans jedoch aus der Umarmung. Er zupfte seine Uniform zurecht, warf einen schnellen Blick in den Spiegel des Waschraums und rückte die Krawatte gerade.

Draußen ertönte das satte Tuten eines Horns.

»Hoppla«, rief Hans. »Gleich fliegen sie ohne mich.« Er grinste.

»Fahren«, verbesserte Paule ihn und zwinkerte.

Hans griff nach drei Schachteln, die er auf einem der Waschbecken abgestellt hatte, und stapelte sie so hoch aufeinander, dass sie über seinen Scheitel hinausragten. »Blumen für die Damen. Die müssen in den Kabinen stehen, bevor die Madamsen und Fräuleins ihre Gemächer betreten.«

»Du hastet jut«, seufzte Paule. »Ick würd' allet jeben, wenn ick mal uff so 'n Zeppelin dürfte.«

Dann betete er Hans alle technischen Details des Luftschiffs herunter. Er war im Grunde nie zur Schule gegangen, aber wie viel PS die Maybachmotoren hatten oder wie viel Liter Benzin sie brauchten, konnte er im Halbschlaf aufsagen.

Hans lachte. »Paule, wie er leibt und lebt. Mann, der Kurt hätte seine wahre Freude an dir.«

»Kurt?«, fragte Paule.

»Der Chefmaschinist. Aber der hat jetzt alle Hände voll zu tun. Für Paule Pummelmann hat der keine Zeit. Sonst hätte ich euch mal bekannt gemacht.«

»Du bist een Prahlhans, dit biste, Hans Hexenschreck. *Hätt ick euch ma bekannt jemacht!* Die hätten mir schon anner Treppe 'nen Tritt verpasst. Da nützt ooch deene Uniform nüscht.«

»Aber mein Köpfchen.«

Hänschen drückte ihm den Stapel Blumenschachteln in die Arme. Paules Grinsen hinter den Pappkartons konnte er nicht sehen. Paule wusste ganz genau, wie man Hänschen anpacken musste.

»Du hältst den Mund, Paule, und lässt mich reden. Und die Blumen hältst du ganz genau so vor deine fiese Visage.«

Paule grinste weiter und stolperte hinter seinem alten Kumpel her. »Voooorsicht«, rief Hänschen ein paar Mal und »Eiiilige Lieferung für die *Isabella*!« oder »Plaaaa-haaatz da!«.

»Da wären wir«, sagte er dann.

Paule linste an den Kartons vorbei. »Uff«, entfuhr es ihm.

Die *Isabella.*

Eine silbern schimmernde Wand ragte vor ihm auf, höher als die mehrstöckigen Häuser in der Friedrichstraße. Sie bestand aber nicht aus Stein, Beton oder Eisen, sondern aus

Stoff. Man sah der Außenhaut des Luftschiffs an, wie fein, aber stabil sie war – solange man ihr nicht mit spitzen Gegenständen auf den Leib rückte.

»Was ist das denn noch?«, fragte ein Mann, von dem Paule nur die Füße sehen konnte. Auf den Rest versperrten ihm die Kartons den Blick.

»Die Blumen für die schicken Madamsen«, sagte Hans und kramte ein Papier hervor, von dem er ablas: »Baronin von Laske, Kabine 11, bekommt die Nelken. Für Madame Fatale, Kabine 19, sind die Veilchen und die Primeln …«

»Das interessiert mich doch nicht«, schimpfte der Mann. »Alles auf den letzten Drücker, Herrschaftszeiten, ich werde noch verrückt. Der Küchenchef brodelt auch schon. Die Hasenpastetchen sind nicht geliefert worden und der neue Küchenjunge hat wohl reich geheiratet. Keine Spur von dem Bürschchen!«

»Nun mach schon«, blaffte Hänschen Paule an, »was hältste hier Maulaffen feil? Rein mit die Blümskens und dann verschwindibutzki.«

Hans spielte seine Rolle so gut, dass der Mann Paule wirklich für einen Botenjungen hielt. Paule stolperte die Stufen zu dem Luftschiff hoch, aber das Grinsen auf seinem Gesicht wurde immer breiter: Hans hatte ihn tatsächlich an Bord gebracht.

Im Inneren verzweigten sich die Aluminiumstreben kreuz und quer durch den Bauch des Zeppelins. In der Mitte führten schmale Stiegen und Gänge in die verschiedenen Bereiche. Der Frachtraum wurde gerade beladen, Männer riefen sich Befehle zu.

»Die Motoren sitzen draußen in den kleinen Boxen, die Maschinisten können reinklettern, sogar während der Fahrt«, erklärte Hänschen.

»Weeß ick doch«, winkte Paule ab. »Fünf Maybachmotoren mit ordentlich Pferdestärken, machen knapp 130 Kilometa inna Stunde.«

Plötzlich ertönten Schreie irgendwo tiefer im Inneren des gewaltigen Luftschiffs.

»Auf keinen Fall«, rief eine Frauenstimme. »Im Gepäckraum? Das ist ja unglaublich! Dort erfriert der arme Kerl. Außerdem spricht da niemand mit ihm, er fürchtet sich und …« Sie verstummte kurz, fuhr dann aber noch erregter und lauter fort. »Finger weg!«

6. KAPITEL,

in dem zu viele Leute in ein Luftschiff steigen

Madame Fatale hatte sich am Eingang des Luftschiffs noch einmal umgedreht und gewinkt, bevor sie mit Horatio W. Sourcrowd an Bord der *Isabella* verschwunden war. Um den gewaltigen silbergrauen Körper des Zeppelins schwirrten immer mehr Menschen herum, die auf den Start warteten. Ein paar Angestellte der Deutschen Luftschifffahrt AG versuchten, für Ordnung zu sorgen.

»Treten Sie zurück«, rief ein großer Blonder.

»Weg vom Luftschiff«, forderte ein Kollege mit schniefnasser, roter Nase die Schaulustigen auf. Er streckte den Arm aus, um Klara zu packen. »Rotzgören haben hier nichts zu suchen«, schimpfte er. Zur Strafe schüttelte ihn ein Niesanfall durch. Klara nutzte die Chance, wieder ins Gewühl zu entkommen. Lina blieb mit Schätzchen dicht hinter ihr, Otto bildete die Nachhut.

»Ich bitte nun Herrn Doktor Hubert Zeckenbart, den Direktor der Deutschen Luftschifffahrt AG, zu mir …«, dröhnte es aus einem Lautsprecher direkt neben Klaras Kopf.

»Autsch!«, rief sie. Langsam ging ihr dieses Luftschiff und das ganze Tamtam darum auf die Nerven. Sie steckte den Zeigefinger ins Ohr und hörte nur Fetzen von der Rede dieses Herrn Zeckendings.

»Wir verneigen uns damit vor dem größten Ingenieur der Geschichte der Luftfahrt, dem Grafen Ferdinand von Zeppelin, der diese Wunderwerke mit Mut und Ausdauer in den Himmel brachte. Gott habe ihn selig. Zu Ehren der Gattin des Grafen, Gott habe sie ebenfalls selig, haben wir dieses wunderbare Luftschiff auf den Namen *Isabella*, die göttliche Schönheit, getauft. Unser fabelhafter Kapitän und Luftschiffer Roderich Flick wird die *Isabella* mitsamt den glücklichen Passagieren in Rekordzeit in die Vereinigten Staaten von Amerika bringen.«

Ein Mann neben Klara stupste seinen Nachbarn an. »Der alte Flick ist stinksauer«, brüllte ihm der Mann ins Ohr, um die Lautsprecher zu übertönen. »Der Wettabericht verheißt nichts Gutes!« Er sprach nicht weiter, sondern hob die Augenbrauen und schüttelte sorgenvoll den Kopf.

Vorne in der Kanzel erkannte Klara den Kapitän, jedenfalls glaubte sie, dass der Mann mit der Uniformmütze das sein musste. Er war umgeben von anderen Männern. Einer schob ein Fenster zur Seite und rief einem der jungen Burschen, die sich an die Halteseile hängten, etwas zu.

Nach Madame Fatale stiegen nun auch die Dame mit der Perlenkette und der Herr im karierten Anzug die Treppe hinauf, hinter ihnen hüpften die Kinder auf den Stufen. Das Mädchen Amy hielt seine Puppe in der Hand und rief beim

Anblick von Otto begeistert: »Thank youuuu very much – Ottooooo!«

Klara stupste Otto an, verkniff sich aber eine weitere flapsige Bemerkung. Wenn es um Mädchen ging, konnte Otto sehr empfindlich sein.

Plötzlich schallten Schreie aus dem Inneren des Zeppelins nach draußen.

»Da hat wohl jemand schlechte Laune«, murmelte Klara. Sie hatte die Worte noch nicht ganz ausgesprochen, als Lina sagte: »Das ist Madame Fatales Stimme!«

Einen Augenblick später stand Lina auch schon an der Treppe, die ins Innere führte. Ihre Haare standen wieder einmal steil in die Höhe.

»Wo willst du denn hin?«, fragte Otto, aber Lina ließ sich schon nicht mehr aufhalten.

Hinter Klara drängelten irgendwelche Leute. Ein scharfer Lichtstrahl blitzte auf, sofort wogte die Menge in eine andere Richtung. Jemand rief: »Hier, Fräulein Ginelli, hier! Ein Foto für den *Berliner Lokal-Anzeiger*!«

Klara drehte sich herum. Genau neben ihr stand die Filmschauspielerin und strahlte ihr strahlendstes Lächeln in die Kamera. Im selben Moment blitzte es wieder. Klara kniff geblendet die Augen zu.

»Weg da, aus dem Bild!«, rief jemand und die Ginelli rammte Klara mit einem bezaubernden Lächeln einen Ellbogen in die Seite.

»Autsch!«, schrie Klara, aber im selben Moment schubsten die Reporter, die sich um die Schauspielerin scharten, sie weg. Als Klara wieder ohne blinde Flecken auf der Pupille sehen konnte, waren weder Lina noch Otto zu entdecken.

»Wo seid ihr …«, wollte sie fluchen, da erblickte sie gerade noch Ottos schwarzen Schopf, der sich durch die Menge der Schaulustigen bewegte. Mit Mühe, aber zielstrebig näherte er sich dem Eingang der *Isabella.*

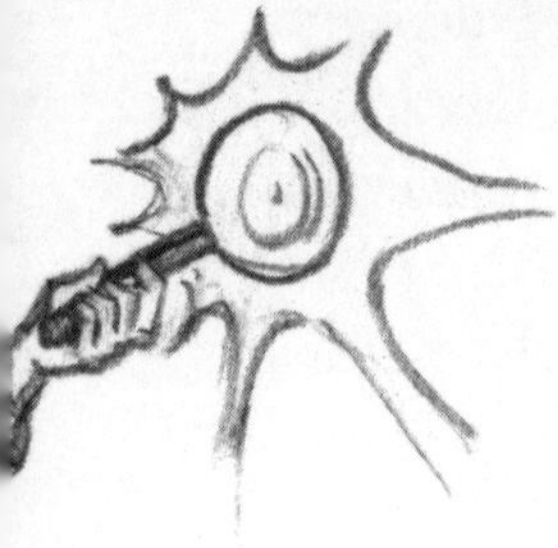

Der Steward unten an der Treppe starrte wie alle anderen zu Gina Ginelli. Sein Mund stand weit offen. Otto nutzte die Gelegenheit und schlüpfte hinter seinem Rücken hinauf in das Luftschiff.

»Na warte«, sagte Klara. Sie drängelte sich ebenfalls nach vorne, tippte dem Mann in der Uniform der Deutschen Luftschifffahrt AG auf die Schulter und sagte: »Haben Sie es nicht gehört?«

»Was?«, fragte der Steward, ohne den Blick von der Ginelli zu lösen.«

»Sie braucht Ihre Hilfe.«

»Wer?« Der Steward schaute Klara immer noch nicht an.

»Wer wohl? Fräulein Ginelli. Sie hat ausdrücklich nach Ihnen verlangt. Sie braucht … ein Glas Champagner.«

»Champagner«, seufzte der Steward begeistert und verließ ohne zu zögern seinen Posten. Klara grinste, eine Minute später hatte sie das Luftschiff ebenfalls betreten. Otto verschwand gerade um eine Ecke. Klara folgte genau wie er den erregten Stimmen, die sich stritten. Eine davon gehörte unüberhörbar Madame Fatale.

Im Speisesaal drängten sich Passagiere und ein paar Mitglieder der Besatzung. Zwei Damen stritten miteinander. Klara schob sich durch die Menschen. Da waren ihre Freunde Otto und Lina. Nur von Schätzchen fehlte jede Spur.

»Wo ist der Hund?«, fragte Klara.

»Ich hab Billy gesagt, dass er auf ihn aufpassen soll«, sagte Lina.

»Na, der war bestimmt begeistert«, sagte Klara.

»Ist doch nur für ein paar Minuten«, sagte Lina, aber im selben Moment begannen sich ihre Haare in alle Richtungen zu sträuben.

»Was ist denn jetzt schon wieder los?«, fragte Klara.

»Keine Ahnung«, flüsterte Lina unglücklich. »Ich weiß auch nicht, warum das jetzt plötzlich losgeht.«

Klara spürte, wie eine Gänsehaut über ihren ganzen Körper kroch. Lina und ihre Vorahnungen. Es war einfach zu unheimlich.

Dann gellte ein schriller Schrei durch den Salon.

Klara fuhr herum.

Am großen Esstisch in der Mitte des Raums standen sich Madame Fatale und die Dame gegenüber, die in der Wartehalle ihr Fledermaushündchen mit der leckeren Gänsebrust gefüttert hatte.

»So halten Sie doch Ihre Tasche fest!«, schrie die Dame.

»Halten Sie *Ihre* Tasche fest!«, antwortete Madame Fatale in eisigem Ton.

Erst jetzt sah Klara, dass auf dem Boden vor den Streitenden ein wilder Kampf entbrannt war – zwischen zwei Handtaschen.

»Sie hat ihn mitgenommen«, flüsterte Lina.

Klara verstand nicht, was das bedeuten sollte. Als die eine Tasche zu fauchen und zu miauen begann und die andere in den höchsten Tönen jaulte und kläffte, dämmerte es ihr.

»Den Kater?«, fragte Klara leise.

Lina nickte.

»Sind in diesen Taschen etwa Tiere?«, fragte ein Steward. Eine ziemlich dumme Frage, fand Klara, das Gebell und Miauen waren unmissverständlich.

»Was ist denn hier los?«, mischte sich nun ein anderer Mann ein. Seine Stimme war tief und gebieterisch.

Sofort verstummten alle anderen. Nur die Taschen miauten und bellten weiter.

»Kapitän Flick, die Damen weigern sich, ihre Taschen kontrollieren zu lassen«, sagte der Steward.

»Meine lieben Damen, wir müssen jeden Passagier überprüfen, damit auf keinen Fall Rauchwaren oder entflammbare Gegenstände an Bord kommen«, sagte Kapitän Flick.

»Oder Haustiere!«, ergänzte der Steward. Er warf den Damen giftige Blicke zu. »Frau Schreidelweit-Steilerschein …«

»Fräulein!«, fuhr die Dame dazwischen.

Eigentlich sah sie gar nicht aus wie eine Dame. Sie hatte eher Ähnlichkeit mit den Verkäuferinnen auf dem Wochenmarkt, wenn sie sich für den Kirchgang herausgeputzt hatten. Statt feiner Seidenstrümpfe trug sie dicke braune Wollstrümpfe, die ihre sowieso schon dicken Beine noch rundlicher wirken ließen. Ihre Schnürstiefel waren ebenfalls braun und abgetreten, ihr Rock braun kariert und nicht gerade nach der neuesten Mode, und einen solchen dreieckigen Hut, den man mit einer riesigen Schleife unter dem Kinn befestigte, trug auch schon lange niemand mehr.

»Fräulein Treidelweit-Steilerscheit versteckt einen Hund und Frau Fatale …«

»Madame!«, fuhr Madame Fatale dazwischen. Im Gegensatz zu der plumpen Dame in ihrem braunen Gewand wirkte Madame Fatale in ihrem blauen Kostüm und mit dem strengen Dutt geradezu elegant.

»Und Madame Fatale versteckt eine Katze.«

Madame Fatale hatte ihre Handtasche wieder an sich genommen und tätschelte sie. Die Dame hob ihre Krokodilledertasche ebenfalls auf den Arm und flüsterte auf sie ein.

Wie konnte sich diese Frau eine so teure Tasche leisten?, fragte sich Klara. Aber noch viel mehr wunderte es sie, dass eine solche Dame genug Geld für die Fahrt mit dem Zeppelin hatte.

»Bitte schön«, forderte Kapitän Flick beide Frauen auf.

Zähneknirschend öffneten beide die Taschen. Madame Fatales schwarzer Kater sprang fauchend heraus, hüpfte auf Madames Schulter und flüchtete sich schnurstracks in Linas Arme.

Das Fledermaushündchen wollte ihm nach, verfing sich aber in seiner schmalen roten Hundeleine, worauf es am Arm der Dame baumelte und nur noch ein paar Krächzer von sich gab.

»Wir haben wunderbare Kisten aus feinstem Ebenholz für die Tiere unserer Erste-Klasse-Passagiere«, beruhigte der Kapitän die besorgten Damen.

»Mein Mäuschen friert so leicht«, jammerte Fräulein Weiterscheit-Treidelstein.

»Bringen Sie den reizenden Damen … ich meine, den reizenden Tierchen der Damen jeweils ein Daunenkissen und eine der neuen Kamelhaardecken, damit liegen sie in ihren Kisten kuscheliger als die Mannschaftsmitglieder in ihren Kojen«, wies Kapitän Flick den Steward an und fragte etwas spöttisch: »Und nun, meine Damen, darf ich den Start vorbereiten?« Er ging zur Tür und wandte sich Lina zu.

Klara zuckte zusammen. Jetzt gab es sicher richtig Ärger. Lina, Otto und sie selbst hatten nichts an Bord zu suchen, das war klar.

Aber Kapitän Flick sagte nur: »Nicht wahr, mein Kleines, du bringst das Kätzchen brav in sein Kistchen nach hinten?! Und du nimmst den Kö…, das werte Hundchen«, befahl er Otto.

Fräulein Weiterscheit-Treidelstein zögerte noch einen Moment, dann ergab sie sich in ihr Schicksal und reichte Otto seufzend die Fledermaus. Der Hund schleckte ihm einmal quer durchs Gesicht.

Lina warf Madame Fatale einen fragenden Blick zu. Sie nickte und Lina folgte dem Steward.

»Hinterher!«, sagte Klara, und fast im selben Moment sagte Otto: »Ihr nach.«

Sie näherten sich einer Tür am Ende eines langen Ganges. Vier Worte standen darauf. So viel konnte Klara immerhin erkennen, aber was die Worte bedeuteten, wusste sie nicht. Sie hätte mindestens eine halbe Stunde gebraucht, um sie zu entziffern. Zum Glück konnte Lina besser lesen. »Für Unbefugte kein Zutritt«, hörte Klara sie murmeln.

»Hans«, schrie der Steward und schickte, als nicht auf der Stelle eine Antwort kam, ein ärgerliches »Joooohannes …« hinterher.

Die Tür schlug auf. Lina ließ fast den Kater fallen. Otto stieß ein »Hoppla!« aus, und Klara fing die drei Kartons auf, die ihr entgegensegelten.

»Hier bin ich«, meldete sich ein Junge in fast den gleichen Klamotten, die der Steward trug.

Erst auf den zweiten Blick erkannte Klara, wer in der Uniform steckte.

»Hänschen Hottentotte!?«, sagte Otto.

»Paule!«, rief Lina.

Hinter Hänschen, den sie alle aus Tante Elfis Waisenhaus kannten, stand Linas Bruder.

»Schwestachen«, begrüßte Paule sie.

»Was soll das denn? Wird das hier eine Familienfeier?«, fragte der Steward ungeduldig.

»Äh, nee … Chef«, stotterte Hans. »Die Blumen … wir … ich bringe die Blumen für die Madamsen und Fräuleins.«

»Die hatte ich fast vergessen. Auch noch Blumen für diese Zimtzicken mit ihren Viechern.« Der Steward grapschte sich die Blumen und befahl Hans: »Sieh zu, dass diese Bestien verstaut werden. Meinetwegen kannst du sie aber auch durch die Klappen im Heck rauswerfen. Aber erst, wenn wir hoch genug sind.«

Der schwarze Kater auf Linas Arm fauchte.

7. KAPITEL,

in dem zu wenige Leute aus einem Luftschiff aussteigen

Paule trottete hinter Hans und den anderen Schatten her. »Kann mia ma eener sagen, wat hier los is?«

Lina kraulte den Kater auf ihrem Arm, der immer noch hasserfüllte Blicke zu dem Hündchen auf Ottos Arm warf. Otto hielt das kläffende Knäuel mit ausgestreckten Armen von sich. Wenn die Fledermaus Otto nicht durchs Gesicht schleckte, versuchte sie ihn anzustrullern.

»Wie kommt ihr denn hier rinne?«

»Wo warst du und wie kommst du hierher?«, entgegnete Klara.

»Fahrn wa jetz alle nach Amerika?« Paule lachte über seinen eigenen Witz.

»Das wäre toll«, sagte Klara.

»Bloß nicht«, stöhnte Otto. Lina nagte an ihrer Unterlippe. Ihre Haare standen immer noch in alle Richtungen.

»Paule, du träumst wohl«, sagte Hans. »Hast du eine Ahnung, was ein Billett für die fliegende Zigarre hier kostet? Da arbeitet unsereiner ein ganzes Jahr oder länger für.«

»Wir arbeeten dit jerne ab, bisschen Blumen rumtragen und die feinen Herrschaften bedienen, dit kann ick ooch.«

Hans schüttelte nur den Kopf. »Eine richtige Lehre mussten wir machen. Und im schnieken ›Rose d'Or‹ hat uns der Oberkellner beigebracht, wie man die Gläser richtig rückt und die edlen Tröpfchen aus dem Weinkeller nicht verschüttet.«

»Franz Ferdinand!«, stöhnte Otto. Er hatte es für ein paar Wochen in dem vornehmen Restaurant als dritter Hilfskellner versucht, bis die Sache mit den Kakerlaken passiert war. Unter dem Oberkellner Franz Ferdinand hatten alle gelitten.

»Bessa bekannt als Franz Furzinand«, sagte Paule.

»Schluss mit dem Gequatsche«, drängte Hans, aber Paule war schon wieder abgelenkt.

»Ick gloob dit nich«, murmelte er beim Anblick des Automobils, das in der Mitte des Frachtraums stand. »Een Daimler aus die Luxusklasse. Wat die Reichen allet mit sich schleppen, wenn se mal nach Amerika fahrn!?«

»Finger weg«, ermahnte Hänschen ihn. »Das hat sich dieser dicke kleine Amerikaner gekauft, dieser Sauerkraut. Sonderanfertigung, hat Matze gesagt, und der kennt sich aus. Matze ist unser Chefmaschinist.«

»Wundert mir jar nich, so viel Kohle, wie der Sauerkraut hat«, sagte Paule.

Lina und Otto verstauten die Tiere in den dafür vorgesehenen Kisten. Lina beruhigte den Kater noch einmal, kraulte ihn und versprach ihm mit einem Augenzwinkern, dass sicher alles ganz schnell gehen würde. Dann brachte Hänschen die Schatten wieder in den Bug des Luftschiffes, wo gerade die letzten Vorbereitungen getroffen wurden, um die *Isabella* auf ihre große Reise zu schicken.

»Und wie kommt das riesige Ding aus der Halle heraus?«, fragte Klara.

»Ein bisschen schieben und ziehen, ganz einfach«, sagte Hänschen. »Wenn der Kapitän das Zeichen gibt, schwebt sie ganz knapp über dem Boden und die Jungs dahinten schieben. Und vorne ziehen sie an den Leinen, bis wir draußen auf dem Flugfeld sind.«

»Dieses riesige Ding *ziehen* ein paar Leute?«, fragte Klara.

Paule verdrehte die Augen. Klara wusste aber auch nichts. Er erklärte ihr, dass alles an Bord aus den leichtesten Materialien hergestellt war. Das große Gerippe bestand aus Aluminium, einem Metall, das stabil war, aber kaum etwas wog. Riesige mit Wasserstoffgas gefüllte Ballons im Inneren des Zeppelins sorgten für den notwendigen Auftrieb. »Wassastoff is leichta als wie Luft, verstehste, deswejen jeht dit Ding hoch. Dit is Füsiek.«

Am vorderen Aufgang zu dem Luftschiff hatten sich die Schaulustigen zurückgezogen. Ein paar Schupos und Männer von der Deutschen Luftschifffahrt AG scheuchten die letzten hartnäckigen Neugierigen davon.

»Ick beneide dir so«, sagte Paule.

»Dich«, verbesserte Lina ihren Bruder.

»Watt? Mir musste nich beneiden.«

»Mich!«, sagte Lina.

»Na und dir schon jar nich.« Paule grinste. Er foppte seine Schwester immer wieder, wenn sie ihn verbesserte und ihm gutes Deutsch beibringen wollte. »Ick beneide Hänschen Hochhinaus. Der darf nach dit Amerika. Wo doch der Sauerkraut jesacht hat, dat Leute wie icke da janz groß rauskommen können.«

»Ich schicke euch eine Postkarte«, sagte Hänschen.

Ein kaum spürbares Ruckeln ging durch das Luftschiff.

»Und jetzt raus mit euch.«

Der Kabinenjunge öffnete die Tür, die hinaus zu der kleinen Holzplattform und der Treppe führte. Arbeiter begannen gerade damit, sie vom Luftschiff wegzuziehen.

»Machen Sie mal Platz da, Wachtmeister«, rief einer der Männer.

Ein dicker Schupo, in der Uniform der Berliner Polizei, drehte sich langsam um und hob den Zeigefinger. »Etwas mehr Respekt vor einer Amtsperson«, drohte er.

»Na gut, dann machen Sie mal gnädigerweise Platz da, Herr Amtsperson«, sagte der Arbeiter und lachte.

Paule war schon fast hinausgetreten. Otto und Klara drängten von hinten, aber Paule drehte auf dem Absatz um und schob sie wieder in den Zeppelin.

»Wa-wa-wa…«

»Was denn?«, fragte Klara.

»E-e-elt…«

»Nun spuck's schon aus«, sagte Otto.

Lina duckte sich und schaute zwischen den Beinen der anderen hindurch nach draußen, wo die Arbeiter die Treppe schon ein Stück zurückgezogen hatten. »Wachtmeister Eltinger«, sagte sie.

Der schlimmste Feind der Schatten, der nur darauf wartete, sie zu fangen und ins Waisenhaus zurückzubringen, wippte von den Fersen auf die Zehenspitzen und versuchte, dabei wie eine sehr amtliche Amtsperson zu wirken.

»Raus mit euch«, drängte Hänschen, »wir legen jeden Moment ab.«

»Der Wachtmeister«, sagte Otto. »Wenn er uns schnappt, sind wir geliefert.«

Hänschen kapierte schnell, dass er seine Freunde jetzt auf keinen Fall aus dem Luftschiff werfen konnte. Er biss sich auf die Lippen. »Ihr müsst hinten raus, das schaffen wir noch. Kommt mit!«

Die Schatten folgten seinem Befehl auf der Stelle. Mit schnellen Schritten durchquerten sie den Salon, in dem einige Passagiere an den Fenstern standen und mit ihren Taschentüchern winkten. Für den Kabinenjungen und die vier Kinder hatte niemand Augen. Hans hielt ihnen die Tür am anderen Ende auf.

»Schnell«, feuerte er sie an.

Sie durchquerten mit Teppich ausgeschlagene Gänge, die zu den Kabinen führten. Ein Kollege von Hans kam ihnen mit einem Tablett voller Champagnergläser entgegen.

»Hans, der Chef sucht dich überall«, sagte er.

»Gleich«, antwortete Hans und hielt schon wieder die nächste Tür auf, durch die Klara, Otto und Lina verschwanden.

Nur Paule, für den eine solche Hetzerei gar nichts war, hing ein wenig zurück. In aller Seelenruhe vor einem Tresor hocken und diesen nach allen Regeln der Kunst knacken, das war seine Sache – vor Wachtmeistern oder Wachhunden davonlaufen nicht. Und nun riss auch noch jemand eine der Kabinentüren auf und trat in den Gang.

»Autsch«, schrie Paule, als er mit der jungen Frau zusammenstieß.

»Huiiii«, rief diese aus, während sie nach hinten stürzte und unter Paule zum Liegen kam.

Blitzschnell sprang Paule wieder auf. »Ick bitte vielmals um Verzeihung, Jnädigste.« Er reichte der Frau die Hand, um ihr auf die Beine zu helfen.

Statt zu schimpfen, nahm sie die Hilfe an und klimperte so mit den tiefschwarzen Wimpern, dass Paule fast den Luftzug spürte. »Wohin so eilig, junger Mann?«, fragte sie und strich sich das flatternde, kaum übers Knie reichende Kleid glatt.

Das Kleid war genauso erbsengrün wie der Mantel, in dem Paule sie vor nicht allzu langer Zeit gesehen hatte. Den Hut mit den Federn hatte sie nicht mehr auf dem Kopf, ihr pechschwarzes Haar trug sie kurz und gescheitelt, auf der einen Seite war es in einer kunstvoll geformten Welle an ihre Wange geklebt.

Kein Zweifel, es war die Dame aus dem Herrenklosett in der Abflughalle, die sich mit Rudi Siebenstein unterhalten hatte.

Paule war noch ein bisschen verwirrt, denn so nah war er einer Frau noch nie gekommen. Wenn er ehrlich war, hatte seine Nase sich sogar für etwas mehr als einen Augenblick zwischen den Brüsten der Dame verfangen. »Ick wollte … äh …«, stammelte Paule. »Also, ick müsste …«

Das Luftschiff ruckelte wieder. Dieses Mal schon stärker. Paule spürte, wie ihm ein wenig schummrig wurde. Ob das an seiner Nase und dem Busen von der Dame lag?

Oder daran, dass das Luftschiff gerade in diesem Moment abhob?

Ein Ruf aus vier Kehlen riss ihn aus den Gedanken: »PAULE!«

Hans hielt die Tür auf. Klara wedelte mit beiden Armen.

Lina streckte ihm die Hand entgegen. Otto war schon wieder losgerannt.

Paule eilte ihnen nach.

Sie befanden sich nun im tiefsten Inneren des Zeppelins. Keine Teppiche mehr, keine dezenten Leuchten an den Wänden, auch keine Kabinentüren, aus denen Damen in den Weg treten konnten, stattdessen: blanke Stege und Geländer aus grauem Aluminium, Spanndrähte und Querverstrebungen, große Wassertanks für den Ballast.

»Es bewegt sich«, stellte Klara mit einem ungläubigen Unterton in der Stimme fest.

»Schätzchen!«, rief Lina. »Er wartet draußen bei Billy auf uns. Wir müssen zu ihm!«

Paule ahnte schon, dass es knapp würde. Das Luftschiff war fast so lang wie drei Fußballfelder und sie waren höchstens in der Mitte angelangt. Außerdem verliefen die Stege nicht auf einer Ebene, sondern sie gingen auf und ab. Sie mussten kleine Leitern hochklettern, dann wieder Stufen hinunter.

»Solange kein Ballast abgelassen wird, können wir es noch schaffen!«, keuchte Hans. »Da hinten, da hinten ist eine der Klappen, da könnt ihr raus.« Er hatte sie auch schon erreicht und öffnete sie.

Ein Lufthauch strömte herein.

Die Schatten knieten sich um die Luke herum.

»Mir wird janz blümerant.« Paule spürte, wie ihm die Farbe aus dem Gesicht wich.

Auch Klara und Lina schauten sich mit ängstlichen Blicken an. Nur Otto, der schon an viel höheren Fassaden hinaufgeklettert war, schien der Abgrund, der sich unter ihnen auftat, nichts auszumachen.

Durch den schmalen Ausschnitt sahen sie Männer, die das Luftschiff an langen Seilen noch hielten. In der Ferne erkannten sie Gina Ginelli, die für den Fotografen posierte, der allerdings den Zeppelin knipste.

»Da ist Billy mit Schätzchen!«, schrie Lina und winkte aufgeregt, aber der Reporter blickte nicht in ihre Richtung. Schaulustige rannten überall herum, schrien und jubelten. Ein Junge radelte auf einem viel zu großen Damenfahrrad einfach unter dem Zeppelin hindurch und jauchzte. Hurraschreie ertönten.

Paule streckte nun doch den Kopf hinaus. Rechts von ihm erkannte er eine der Motorkanzeln, die an langen Gestängen außen an dem Luftschiff befestigt waren. Schmale Stege führten von der Zeppelin-Wand hinüber. Ein Mechaniker balancierte gerade hinüber und verschwand in dem Gehäuse.

»Wenn wir uns an einem Seil herunterhangeln, geht es vielleicht«, schlug Otto vor.

»Bist du verrückt!« Klara verschränkte die Arme vor der Brust. »Keine zehn Droschkengäule kriegen mich da runter.«

»Jibt et vielleicht eene …«

Paule wollte Hans nach einer Strickleiter fragen, aber ein lautes Rauschen und Platschen unterbrach ihn.

»Das Wasser!« Hans warf die Hände vors Gesicht.

Unten auf dem Flugfeld kreischten ein paar Leute und sprangen zur Seite. Der Junge auf dem Damenfahrrad fiel vor Schreck um. Eine Flut wie von einem Wasserfall ergoss sich auf das Gras und spritzte die letzten Neugierigen nass, die dem Luftschiff noch nachgelaufen waren.

»Dit war der Ballast? Jetzt steijen wir uff?«, fragte Paule.

Hans nickte. Im selben Augenblick schien der Koloss nach

hinten zu kippen. Der Bug mit der Brücke vorne hob sich ein wenig schneller. Das Heck hing zwar noch tiefer, gewann jedoch ebenfalls stetig an Höhe.

»Das war's wohl«, seufzte Klara. »Auf Wiedersehen, Berlin.«

»Uff Wiedaseng, Schätzken«, sagte Paule.

»Oh nein«, flüsterte Lina.

Otto nickte und trat einen Schritt zurück.

»Und jetzt?«, fragte Lina.

»Kriege ich Ärger«, sagte Hänschen.

»Fliejen wa nach Amerika«, sagte Paule.

»Fahren«, wisperte Lina. »Es heißt fahren.«

Paule grinste. »Jenau.«

8. KAPITEL,

in dem Klara plötzlich Klaus heißt

Der Zeppelin stieg weiter und weiter in die Höhe. Die Rufe und das Gejohle der begeisterten Menschen auf dem Flugfeld verloren sich schon nach kurzer Zeit.

Klara konnte den Blick nicht abwenden, die Klappe nach draußen war wie einer der Guckkästen, die es im Lunapark gab. Dort schaute man in fremde Welten, durch die riesige Echsen und ein Gorilla, hoch wie ein mehrstöckiges Haus, rannten. Allerdings war man sich im Lunapark sicher, dass die Biester nicht neben einem auftauchten, wenn sie aus dem Blickfeld gerannt waren.

Hier war um den Guckkasten herum Himmel. Und weiter oben Wolken. Und ganz unten Boden, harter Boden.

Nun trat Klara doch einen Schritt zurück, und sie spürte, wie der Schwindel ihr das Gehirn verdrehte und sich im Magen der Rest des Frühstücks herumwälzte, das ihnen Sourcrowd am Morgen spendiert hatte. Zu ihrem Erstaunen merkte sie jedoch sehr schnell nichts mehr davon, dass sie sich so weit weg von der Erde befand wie nie zuvor in ihrem Leben, umgeben nur von der zarten Außenhaut des Zeppelins und von Luft.

»Wahnsinn«, brachte Otto leise hervor. »Man merkt fast nichts, aber irgendwie auch doch.«

»Wir fliegen«, seufzte Lina, und ihr Seufzer klang wehmütig, begeistert und ein bisschen ängstlich gleichzeitig.

»Soso«, sagte Paule und grinste frech. »Ick dachte, wir fahren?« Er schien sich pudelwohl zu fühlen und löcherte Hänschen mit Fragen. Welche Route die *Isabella* nehme, wie hoch sie steige, wie lange die Reise dauere, er wollte einfach alles wissen.

»Kann ick ooch ma rüba in die Dinga da draußen? Bei die Motoren? Ick hab noch nie so eene Maschine bei de Arbeet jesehn.«

Die drei anderen Schatten starrten Paule an. Klara legte nur die Hand an seine Stirn und zog sie schnell zurück, als habe sie sich die Finger verbrannt. »Autsch«, rief sie. »Jetzt ist bei ihm alles durchgebrannt.«

»Oje, oje«, brachte Hänschen ein ums andere Mal hervor. Er hatte seit dem Start dagesessen und das Gesicht in den Händen verborgen. »Bist du verrückt geworden, Paule Kowalski? Ihr seid jetzt blinde Passagiere!«

»Ick bin nich blind, janz und jar nich.«

Hänschen begriff nicht sofort, dass Paule ihn nur veräppelte. »Oh Mann, blinde Passagiere sind Fahrgäste ohne Billett, und so was ist ganz schön verboten. Spätestens in Lissabon wirft Kapitän Flick euch über Bord, mitsamt den Postpaketen und ...« Er warf wieder die Hände vors Gesicht und schluchzte lauthals: »Und mitsamt Johannes Tropf, dem zweiten Kabinenjungen. Endlich hatte ich eine Arbeit, für die ich sogar bezahlt werde. In ein paar Jahren wäre ich Steward gewesen und dann vielleicht Chefsteward.«

Klara nickte Otto zu. Der verstand sofort, was Klara wollte, und legte einen Arm um Hänschens Schulter. Otto war in Tante Elfis Waisenhaus immer wie ein großer Bruder für Hänschen gewesen, obwohl Otto der jüngere von beiden war.

»Menschenskinder, Hans, du bist aber auch ein Schwarzmaler«, sagte Otto. »Aber das ist auch klar. Du kennst die Schattenbande nicht.«

Klara stimmte Otto zu. »Und unsere Parole kennst du auch nicht.«

Ohne dass einer der beiden Älteren etwas sagen musste, rückten Paule und Lina zu ihnen. Hänschen hockte in der Mitte. Alle vier Schatten legten direkt über seinem Kopf die Hände zusammen.

Leise begann Lina zu sprechen: »Wir sind die Schatten ...«

»... schnell und schlau, keiner sieht sie je genau«, stimmten Klara, Otto und Paule ebenso vorsichtig ein.

»Wir haben schon ganz andere Dinger gemeistert«, sagte Otto. »Uns wollten sie schon den Mord an der Großfürstin Drosskova in die Schuhe schieben.«

»Und als die Prockauer-Waldenfels-Zwillinge entführt wurden, waren wir auch fast dran«, ergänzte Klara.

»Und die Kleene wäre fast lichtaloh in Flammen uffjejangen, weil so een Kakerlaken-Heini ihr an den Kragen wollte.« Paule zeigte auf Lina.

»Und dann das Attentat auf den König von Kalimbesien«, erinnerte sich Klara.

»Aber bisher sind die Schatten immer mit heiler Haut davongekommen. Sogar, als ihnen ein leibhaftiger Löwe auf den Fersen war. Glaubste, so eine Zeppelin-Fahrt soll unser letztes Abenteuer sein?«, fragte Lina.

»Auf keinen Fall.« Klara stampfte mit dem Fuß auf. Der

Aluminium-Steg unter ihnen schepperte. Das dämpfte für einen Wimpernschlag ihre Entschiedenheit, aber eines wusste sie genau: Die Zeit dafür, verzagt und ängstlich zu sein, war jetzt nicht. »Wir brauchen ein sicheres Versteck, ein bisschen zu futtern und gute Laune.«

»Könn wa's uns nich in die schicke Karosse im Frachtraum jemütlich machen?«, fragte Paule.

»Klasse Idee«, sagte Otto. »Wenn der Kater und der kleine Köter es dort aushalten, reicht das für uns auch.«

Das Stichwort »Köter« erinnerte Lina sofort wieder an Schätzchen, nun brach sie in Tränen aus. »Billy macht sich doch nichts aus Hunden. Bestimmt bringt er Schätzchen ins Tierheim.«

»So ein Quatsch!«, rief Otto. »Warum sollte Billy Schätzchen ins Tierheim bringen? Er weiß doch ganz genau, dass Muttchen Pieper verrückt nach dem Hund ist. Wahrscheinlich ist er jetzt schon auf dem Weg in die ›Grüne Minna‹. Und wenn wir Schätzchen nach unserem kleinen Ausflug dort abholen, ist er doppelt so dick, weil Muttchen ihn die ganze Zeit mit Wurst gefüttert hat.«

Lina wischte sich die Tränen ab. »Das stimmt. Muttchen wird auf Schätzchen aufpassen.«

Hans hatte sich inzwischen ebenfalls wieder beruhigt. »Vielleicht ist das gar keine so schlechte Idee mit dem Frachtraum«, sagte er. »Ich kann euch auch ein paar Decken bringen. Nachts wird es hier nämlich ziemlich kalt.« Er runzelte die Stirn. »Mit Essen wird es schon schwieriger.«

»Mach dir keine Sorgen«, beruhigte ihn Lina eilig. »Weißt du noch, wie lange die alte Hexe im Waisenhaus uns ohne einen Kanten Brot in den Keller gesperrt hat? Nur ein bisschen

Wasser, das brauchen wir, drei Tage halten wir ohne Wasser nicht durch.« Auf einmal wechselte sie den Tonfall, und Klara ahnte schon, dass nun wieder einer ihrer kleinen Vorträge kam. »Der menschliche Körper besteht zum allergrößten Teil aus Wasser, wenn er ...«

»Lina, jetzt nicht!«, unterbrach Klara das jüngste Mitglied der Schatten. »Wir sollten nicht länger hier herumstehen.«

»Mir nach«, sagte Hans. »Im Augenblick sind alle noch mit dem Start beschäftigt. Wenn wir auf Reisehöhe sind, könnten hier schnell ein paar von der Mannschaft auftauchen. Der Frachtraum ist gleich da vorne an der Steuerbordseite.«

»Wo?«, fragte Otto.

Hans grinste. »Schnell und schlau seid ihr, aber Backbord und Steuerbord könnt ihr nicht unterscheiden.«

»In Fahrtrichtung links«, murmelte Lina.

Klara bemerkte, dass Lina ihr einen Blick zuwarf. »Wissen wir wohl«, sagte sie. »Lina weiß alles. Ohne unsere Lina wären wir aufgeschmissen.«

Lina zwinkerte zufrieden.

Hans führte die vier Freunde einmal quer durch das Luftschiff auf die Steuerbordseite. Im Frachtraum begrüßte sie ein herzzerreißendes Jaulen.

Todunglücklich quetschte der kleine Fledermaushund seine Nase an die Belüftungsschlitze seiner Kiste. Es war nicht genau zu erkennen, ob er aus Angst oder aus Sehnsucht nach seinem Frauchen jammerte. Vielleicht passte ihm aber auch nicht, dass die Kiste mit dem Kater oben auf seiner eigenen Kiste thronte.

Lina ging sofort hin und holte den Kater aus seinem Gefängnis.

»Das solltest du lieber nicht tun«, warnte Hans sie.

Da hat er recht, unser ängstlicher Hans, dachte Klara. Sie hatte den Gedanken noch nicht zu Ende gebracht, da sprang die schwarze Samtpfote auch schon von Linas Arm herunter und verschwand zwischen den Gepäckstücken.

»Oh nein«, rief Hänschen voller Entsetzen. »Die Katze, die Katze! Haltet sie! Fangt sie wieder ein!«

»Dit is 'n Kater«, sagte Paule.

Und gelegentlich ist es auch ein großer Muskelmann mit Glatze und vielen Haaren an den Armen, dachte Klara, aber diesen Gedanken sprach sie lieber nicht aus. Sie war sich ja auch nicht ganz sicher, ob es wirklich stimmte. Es war allerdings mehr als erstaunlich, wie oft der schwarze Kater um eine Ecke verschwand und dann im nächsten Moment der Glatzkopf auftauchte.

»Keine Sorge«, sagte Lina. »Der stellt schon nichts an.«

Hänschen verzog das Gesicht, vielleicht wollte er schon wieder losheulen, aber Paules Schrei lenkte ihn ab.

»Menschenskinder, kiekt mal! Hier is die schnieke Karre.«

»Schscht!«, machte Hans. »Nicht so laut!«

Paule stand bereits in der offenen Tür des Automobils. »Dit muss man jesehn ham! Bitte nähertreten, die Herrschaften! Un imma nur herinspaziert in dit edle Jefährt von Madams Verehrer.« Er klopfte dreimal auf das Blech der hinteren Tür. Das Geräusch war dumpf und Paule hob erstaunt die Augenbrauen: »Hoppla, da is aba eener vonne janz vorsichtije Sorte. Dit Mobil is jepanzert wie der Tresor vonne Reichsbank!«

Die Fahrersitze waren durch eine Scheibe mit einem samtenen Vorhang vom hinteren Bereich, in dem die vornehmen Herrschaften Platz nehmen konnten, getrennt. Hier war es geräumiger als in der guten Stube von Muttchen Pieper und weitaus gemütlicher.

Otto kletterte ebenfalls die beiden Stufen hinauf und auch Lina folgte der Aufforderung ihres Bruders. Paule nahm Linas Hand und geleitete sie wie eine vornehme Dame hinein.

»Nehm'se Platz, Mattmoasäll Kowalski.«

Klara stieg zuerst in den Wagen. Es roch alles neu, nach Farbe und Holz und Leder. Luxuriös war die richtige Beschreibung: Die Sitze tief und weich wie Sofas, die Bezüge aus rotem Leder, Armlehnen für jeden Mitfahrer, und jetzt sah sie auch, dass Horatio W. Sourcrowd seine Initialen in die Sitze hatte prägen lassen: »HWS« stand dort in goldenen Buchstaben. In der Mitte gab es eine kleine Bar, in der die Flaschen leise klirrten, als Paule die Tür aus fein gezeichnetem Kirschholz öffnete.

»Na denn mal Prosit!«, sagte Paule. In einer Hand hielt er eine Flasche Champagner der Marke *Witwe Klock* und in der anderen den besten Whiskey, der in der »Schwarzen Katze« früher ausgeschenkt wurde. »Der jute alte Rundellstohn Feinest Börbon. Unsa Jetränkeproblem wär jelöst. Hicks.«

»Stell das sofort weg«, befahlen Otto und Hans wie aus einem Mund.

Hans stand vor dem Auto und kaute auf den Fingernägeln. Er tat Klara fast schon ein bisschen leid. Plötzlich schepperte es, jemand fluchte. Hans schlug die Tür der Limousine zu, dann bemerkte er erst, dass Klara noch nicht eingestiegen war.

Zu spät.

Der Chefsteward stand vor Hans und Klara.

»Du Tropf«, brüllte er Hans an. »Glaubst du, dass die Deutsche Luftschifffahrt AG dich fürs Herumlungern bezahlt. Und der Bursche …« Er stupste Klara bei jedem Wort mit seinem knochigen spitzen Finger an die Schulter: »Was … macht … der … hier?«

Wenn Klara eines absolut nicht mochte, dann waren es fremde Kerle, die sich wie selbstverständlich erlaubten, sie mit dem Finger zu stupsen. Und auf der Stelle vergaß sie, dass sie ein blinder Passagier war, der sich so unauffällig wie möglich verhalten musste.

Nichts mehr mit *Wir sind die Schatten, schnell und schlau, keiner sieht sie je genau.* Ihr Herz schlug laut und schnell. Sie ballte die Fäuste. Ihr war ganz heiß.

»Na, hören Sie mal«, begann sie mit vor Wut bebender Stimme.

Im Rücken des Chefstewards schoben sich drei Haarschöpfe hinter den Seitenscheiben des Autos hoch, bis drei Augenpaare zu sehen waren. Klara räusperte sich und zwang sich zu einem Lächeln.

»Na, hören Sie mal, was?«, fragte der Chefsteward drohend.

»Na, hören Sie mal«, wiederholte Klara nun deutlich milder. »Sie müssten mich doch kennen.«

Der Steward zog irritiert die Brauen zusammen.

»Kennen? Wieso sollte ich dich kennen?«

»Weil … äh …« Keine Ahnung, dachte Klara verzweifelt. Sie hatte einfach irgendetwas gesagt, um die Situation zu entschärfen, aber sie hatte sie nicht entschärft, sie hatte alles verschlimmert. Jetzt würde der Steward sie festnehmen und zum Kapitän bringen, und sobald sie das offene Meer erreicht hatten, würde man die Luke öffnen und sie …

»Klaus Müller«, sagte Hänschen.

»Was?«, fragten der Chefsteward und Klara gleichzeitig.

»Na, das ist Klaus Müller. Der neue Küchenjunge. Erinnern Sie sich nicht mehr?«

»Und was macht der neue Küchenjunge hier unten?«, donnerte der Steward. »Dein Platz ist oben in der Küche!«

»Ich hab mich verlaufen«, flüsterte Klara. »Entschuldigung.«

»Du wirst oben gebraucht. Und zwar SO-FORT!« Jetzt fing der Steward wieder mit seiner Stupserei an. »Unpünktliche Küchenjungen mag unser Chefkoch ungefähr so sehr wie versalzene Kartoffeln.« Mit einem Blick auf Klaras Fingernägel fuhr er fort: »Und so kannst du ihm schon gar nicht unter die Augen treten. Hans, du bringst den Burschen in die Mannschaftsräume, Finger sauber, und dann zack, zack! Klaus in die Küche, du zu mir!«

Er schob Klara und Hänschen vor sich her.

»Die fehlenden Hasenpasteten hast du nicht zufällig dabei?«, fragte der Chefsteward.

Klara schüttelte den Kopf. Sie drehte sich noch einmal um, aber die drei anderen Schatten hatten sich schon weggeduckt.

9. KAPITEL,

in dem Lina es nicht lassen kann

»Und jetzt?«, fragte Lina.

Die drei zurückgebliebenen Schatten hockten immer noch auf dem Fußboden des Automobils. Glücklicherweise war der Boden mit einem flauschigen Teppich ausgelegt, wie Lina ihn bisher nur in der prunkvollen Villa des österreichischen Botschafters Prockauer-Waldenfels gesehen hatte, als die Bande in die Entführung von dessen Töchtern Olympia und Sylvestra verwickelt worden war.

Lina hatte bereits am frühen Morgen ein ungutes Gefühl gehabt. Alle anderen hatten in der Schreinerei am Lützowufer noch friedlich gepennt, aber Linas sechster Sinn hatte keine Ruhe gegeben. Und als sie sich an Bord des Zeppelins geschlichen hatten, war das ungute Gefühl noch stärker geworden. Im Dämmerlicht des Frachtraums kroch ihr nun die Müdigkeit in die Knochen, gleichzeitig war sie hellwach und gespannt wie ein Flitzebogen.

Es zeigte sich jetzt eins ums andere, dass ihre Vorahnungen wieder einmal auf unangenehme Art in Erfüllung gingen. Dieser Tag hielt noch ein paar Probleme für die Schattenbande in Reserve, da war sich Lina ziemlich sicher.

»Klara als Küchenjunge, den der Koch anschreit und der vom Steward durch die Gegend gescheucht wird? Das geht doch nie gut«, flüsterte sie.

Ottos Miene verriet, dass er ebenfalls besorgt war. Er erinnerte sich wahrscheinlich daran, wie sein Versuch in die Hose gegangen war, im vornehmen Restaurant »Rose d'Or« den Lebensunterhalt für die Schatten zu verdienen. Er versuchte jedoch, Lina zu beruhigen: »Klara ist zäh und schlau, und sie weiß genau, wann es besser ist, die Faust in der Tasche zu ballen und den Mund zu halten. Wir können uns auf sie verlassen.«

Lina brachte ein verhaltenes Lächeln zustande. Otto und Klara stritten sich ziemlich oft, meistens darum, wer von ihnen in der Bande das Sagen hatte. Wenn es aber hart auf hart ging, hielten sie zusammen.

»So hat wenigstens eene von uns wat für zwischen die Zähne«, sagte Paule. Ihr Bruder sah die Dinge meistens von der praktischen Seite. »Wo wa jerade davon sprechen: Wat zu essen wär jetzt ooch nich schlecht.«

»Wäre nicht schlecht, aber zuerst gucken wir uns hier um.« Otto übernahm die Führung, und das war Lina sehr recht. Meistens waren seine Pläne nämlich ziemlich gut. Wenn man seine Regeln einhielt, verringerte sich die Gefahr um einiges, von den Schupos rund um den Nollendorfplatz geschnappt zu werden. Auch hier würde er sicher einen Weg finden, dass die Bande nicht in allzu große Schwierigkeiten geriet. Otto legte einen Finger auf die Lippen, er schob sich nach oben ans

Fenster und suchte mit seinen Blicken die Umgebung des Automobils ab. »Ich glaube, die Luft ist rein«, erklärte er.

»Na denne«, sagte Paule. »Nüscht wie raus hier.«

Sie stiegen aus dem Wagen.

»Paule, du übernimmst die Ecke da hinten«, befahl Otto. »Lina bleibt bei mir und wir gucken vorne und rechts von den Kisten …«

Lina stupste ihn in die Seite. »Ich kann auch alleine eine Ecke übernehmen!«

Es war immer dasselbe. Weil sie die Jüngste war, traute ihr keiner zu, dass auch sie ihren Mann stehen konnte.

»Lina, du bist …«

Lina stampfte mit dem Fuß auf.

»Na gut«, sagte Otto. »Dann kontrolliere den Bereich auf der linken Seite, hinter den Kisten.«

»In Ordnung, Chef!« Lina salutierte und grinste zufrieden. Bevor Otto es sich doch noch einmal anders überlegte, machte sich Lina schnell auf den Weg.

Hinter den Kisten standen noch mehr Kisten. Sie waren alle aus grobem Holz gezimmert, auf jeder Seite hatte jemand mit roter Farbe den Zielort aufgepinselt. »New York« stand auf einigen, andere würden ihre Reise fortsetzen bis Chicago, Baltimore, San Francisco und Los Angeles. Schwere Riegel aus Metall und ebensolche Schlösser sicherten den Inhalt. Über jedem davon klebte ein Zettel, der ziemlich amtlich aussah.

Die Zettel waren gestempelt, ein Reichsadler war darauf zu sehen. »Zollinspektion Berlin«, entzifferte Lina. Einen Hinweis auf den Inhalt gab es nicht. Dahinter stapelten sich die Koffer der Passagiere, fünf nagelneue Fahrräder waren miteinander vertäut und an einer der Aluminiumstreben befestigt.

Ein paar der Schrankkoffer erkannte Lina sofort. Sie musste lächeln, als sie das Markenzeichen von Madame Fatales Varieté, den vertrauten Schattenriss der »Schwarzen Katze«, sah.

Direkt daneben standen ein paar ganz ähnliche Gepäckstücke, die allerdings mit Aufklebern übersät waren. Die Besitzer mussten schon weit herumgekommen sein: Orient Express, Transsibirische Eisenbahn, Bangkok Plaza Hotel, Ritz Carlton Paris und viele andere Orte waren darauf verzeichnet. Orte, von denen Lina schon in Illustrierten und den Büchern in der Bibliothek gelesen hatte, die sie aber wohl nie zu Gesicht bekommen würde. Einige der Aufkleber waren schon zerkratzt, der neueste prangte jedoch in ganz frischen Farben: Hotel Adlon Berlin. Sehnsuchtsvoll strich Lina mit den Fingern darüber. Das Adlon lag am Brandenburger Tor und war das beste und teuerste Hotel der ganzen Stadt.

Sie seufzte. Immerhin gelangte sie nun irgendwie nach New York. Das war schon einmal nicht schlecht, auch wenn sie und ihre Freunde wahrscheinlich direkt am Flugfeld in Lakehurst verhaftet wurden.

Vielleicht sollten sie gar nicht so lange warten, bis jemand von der Mannschaft durch den Frachtraum spazierte, sie entdeckte und an den Kapitän auslieferte, dachte Lina. Nicht sehr viel weiter vorne im Luftschiff saß vermutlich Madame Fatale bei einer Tasse Tee und Horatio W. Sourcrowd schwänzelte bestimmt um sie herum. Er war ein reicher Mann, und wenn einer ihnen helfen konnte, dann der kugelrunde Verehrer von Madame Fatale.

Lina beschloss, ihrem Bruder und Otto vorzuschlagen, dass sie sich zu Madame Fatale schleichen sollten. Das war eine gute Idee!

Sie durchsuchte den Rest ihres Bereichs und stellte fest, dass es nichts gab, das sie gefährden könnte. Nicht einmal eine vorwitzige Maus hatte sich hierher verirrt.

Als sich Lina auf den Rückweg zu dem Automobil machte und wieder an Madame Fatales Koffern vorbeikam, wurden ihre Schritte langsamer und auf ihrem Kopf stellte sich ein Haar nach dem anderen auf. In wenigen Sekunden stand ihr ganzer Schopf in alle Himmelsrichtungen.

Da war etwas.

Hinter ihr. Sie war sich ganz sicher.

»Die Ruhe bewahren«, sagte Otto immer. »Oder schneller als alle anderen laufen«, ergänzte Klara dann für gewöhnlich. »Oder *Feuer! Feuer!* schreien«, das war Paules Meinung, weil man im anschließenden Tohuwabohu schnell untertauchen konnte. Was wohl passierte, wenn sie in einem mit Wasserstoff gefüllten Luftschiff lauthals »Feuer!« brüllte, wollte sich Lina allerdings nicht ausmalen.

Mit einem Ruck drehte sie sich um, aber hinter ihr war nichts. Nur die Gepäckstücke.

Erst auf den zweiten Blick erkannte Lina, dass einer der über und über beklebten Überseekoffer eine Handbreit offen stand. Es war der mit dem Aufkleber des Adlon.

Der aufrecht stehende Koffer überragte Lina fast. Er bot genug Platz, um eine Person aufzunehmen, jedenfalls wenn sie nicht allzu groß war.

»Ottooo?«, flüsterte Lina und etwas strenger: »Paule? Du kannst mir keine Angst einjagen, Paule Kowalski. Komm raus da!«

Statt einer Antwort raschelte es.

Lina fasste allen Mut zusammen, trat einen Schritt näher

und versuchte, durch den Spalt ins Innere des Koffers zu spähen. Zunächst sah sie nichts, dann blitzen zwei gelbe Lichter auf, kaum größer als zwei Hosenknöpfe, und verschwanden sofort wieder.

Lina lächelte und schob den Koffer komplett auf.

»Miez, miez, miez«, lockte sie den Kater, der ihr diesen Schreck eingejagt hatte, und sofort spazierte das schwarze Tier hinter den fein säuberlich auf einer Stange hängenden Röcken, Blusen und Kleidern hervor. Dabei verfing er sich in einem Schal aus zarter Seide mit noch zarteren Stickereien darauf.

Lina befreite ihn und er umstrich dankbar schnurrend ihre Beine. Erst jetzt hatte Lina ein Auge für die prachtvollen Gewänder, die dieser Koffer barg. Geöffnet war es eigentlich gar kein Koffer mehr, sondern fast schon ein begehbares Ankleidezimmer.

Rechts die Kleiderstange, darüber eine Hutablage. Links oben ein herausklappbarer Spiegel, darunter vier Schubladen. An der Innenseite der Tür hingen die Schals, Handschuhe und ein paar Täschchen, eins schöner mit Perlen und Pailletten bestickt als das andere. Darunter standen Stiefeletten, Sandalen und Schnürschuhe. *Amy Waterhouse* stand auf einem von Schnörkeln umrankten Schild aus golden glänzendem Messing.

All die luxuriösen Gewänder gehörten also Ottos neuer Verehrerin mit der Puppe. Diese Amy war ungefähr in Linas Alter und spielte noch mit Puppen!

»Pah!«, murmelte Lina verächtlich. Wenn man wie sie schon in eine Schießerei geraten und nachts aus Versehen in einem Leichenschauhaus eingesperrt worden war, konnte einen auch das teuerste Püppchen nicht mehr reizen. Jedenfalls nicht so sehr.

Aber hier in dem Schrankkoffer waren ja auch keine Puppen, sondern Kleider. Und die interessierten Lina schon ein klitzekleines bisschen. Wenn sie ganz ehrlich war, interessierten sie sie sogar etwas mehr als ein klitzekleines bisschen, nämlich richtig doll.

Lina horchte, ob sich Otto oder Paule irgendwo in der Nähe befanden. Aber außer dem Rauschen des dahingleitenden Luftschiffs und dem Brummen der Motoren war nichts zu hören. Sie schob ein marineblaues Kostüm mit einem Kragen aus durchbrochener Spitze und goldenen Messingknöpfen zur Seite, dann ein Kleid aus schwerem grünem Samt mit Puffärmeln und einem Gürtel um die Taille. Beim dritten Bügel hielt ihr Arm inne, Lina seufzte und zog den fließenden roten Stoff hervor. Die spinnwebzarte Wolle, aus der das Kleid bestand, endete unten am Saum in puscheligen Federn. Dazu gehörte ein kaum über die Brust reichendes Jäckchen, das am Kragen von einem einzigen Perlmuttknopf gehalten wurde. Innen an dem Jäckchen war das Etikett des Herstellers eingenäht: Chez Chi-Chi – die feinste Boutique Berlins.

Lina zögerte keine Sekunde länger. Mit ein paar schnellen Handgriffen hatte sie ihr verschlissenes Kleid abgelegt und war in diesen flauschigen Traum geschlüpft. Jetzt noch das Jäckchen und – Lina zögerte nur einen kurzen Augenblick – ein Paar von den niegelnagelneuen Schuhen aus hellbraunem Leder, in die man nur hineinschlüpfen und sie dann mit einem Riemchen an der Seite schließen musste.

Die Schuhe waren zwar etwas zu klein, aber Lina fühlte sich trotzdem schon so viel besser und hatte dabei noch nicht einmal in den Spiegel geblickt. Als sie das tat, fiel ihr fast die Kinnlade auf die Brust.

»Oh«, seufzte sie verzückt.

Linas Gedanken waren von der Schönheit dieser Klamotten völlig benebelt. Niemals zuvor hatte sie sich so gesehen, es schien ein neuer Mensch vor ihr zu stehen: eine entfernte Verwandte, eine reiche Cousine aus dem Ausland vielleicht, aber nicht Lina Kowalski, die meistens zu wenig zu essen hatte. Nicht Lina Kowalski, die ihre Kleider danach aussuchte, ob sie billig oder gar umsonst zu bekommen waren. Nicht Lina Kowalski, die in einer ehemaligen Schreinerei lebte und in einer Kiste schlief, die aus alten Sargbrettern gezimmert war.

»Fräulein Kowalski«, murmelte Lina mit verstellter Stimme,

»darf ich Ihnen ein wenig Mandelgebäck zum Tee reichen?« Dann antwortete sie piepsig und in einem sehr vornehmen Ton: »Oh Johann, Sie verwöhnen uns heute wieder über alle Maßen.«

Ganz im Geheimen stellte sich Lina oft vor, dass sie und Paule in Wirklichkeit einer vornehmen Familie entstammten. Über ihre Eltern wussten sie nämlich beide nichts. Lina war noch ein Wickelkind und Paule gerade zwei Jahre alt gewesen, als sie jemand auf der Schwelle zum Waisenhaus abgesetzt und zurückgelassen hatte.

Wenn ich in diesen wunderschönen Kleidern nach vorne in den Salon der Ersten Klasse ginge, würde ich nicht auffallen, keiner würde auf mich achten. Sie schubste ihr altes Kleid mit der Fußspitze zur Seite. In den Lumpen dagegen würde man sie gar nicht erst eintreten lassen.

Sie trat einen Schritt näher an den Spiegel, öffnete eine der Schubladen und beförderte eine Haarbürste mit silbernem Griff hervor, fuhr sich damit durch die Haare, bis sie weich und glänzend waren. Dann wählte sie einen Reifen aus, der mit einer Samtschleife verziert war, und schob ihn auf ihren Kopf.

Die Bewegung in ihrem Rücken nahm sie vor lauter Verliebtheit in ihr Spiegelbild nicht wahr. Doch dann spürte sie einen heftigen Stoß und landete im Koffer. Sie stolperte, versuchte, Halt zu finden, und riss dabei die Kleiderstange herunter. Im selben Moment schloss jemand den Deckel. Stockdunkle Finsternis umfing Lina.

SPÄTAUSGABE

Berliner Lokal-Anzeiger

7. Oktober 1927

von Billy Barrakuda

Kunstmaler tot in seinem Atelier aufgefunden!

In der Zähringer Straße 13 im Stadtteil Wilmersdorf wurde der Kunstmaler Rudolf Siebenstein in seinem Atelier tot aufgefunden. Der Tote saß mit einem unschönen Loch in der Stirn in einem Lehnstuhl und starrte auf das gerade begonnene Porträt der Tänzerin Anita Berber, die derzeit mit ihren Nackttänzen ganz Berlin in Atem hält. Ob sie auf dem Bild bekleidet oder unbekleidet sein sollte, lässt sich nicht sagen, da das Bild völlig zerfetzt war. Fräulein Berber wohnt im selben Haus und sollte eigentlich gerade mit dem Luftschiff *Isabella* nach New York fahren. Die Teilnahme der Künstlerin an der Reise wurde jedoch im letzten Moment abgesagt. Wo sich die Tänzerin derzeit aufhält, weiß niemand. Fräulein Berber ist dafür bekannt, dass sie sich in ständiger Geldnot befindet. Es wird vermutet, dass ihre Gage für die Auftritte an Bord der *Isabella* bereits verpfändet war und sie sich nun vor ihren Gläubigern versteckt.

SPÄTAUSGABE

Berliner Lokal-Anzeiger

Wie der Leiter der Mordkommission Heinrich Trettoff noch am Tatort dem Reporter dieser Zeitung bestätigte, wurde Herr Siebenstein durch einen Schuss aus nächster Nähe getötet. Es fanden sich keine Spuren, die auf einen Raubüberfall hinweisen. Auch ein Kampf habe nicht stattgefunden, meinte Hauptkommissar Trettoff und erklärte: »Es weist alles darauf hin, dass sich Opfer und Täter kannten.« Dafür spreche auch, dass Siebenstein den Täter offenbar mit einem Glas Whiskey bewirtet hat. Leider habe der Täter den Drink nicht genommen und auch keine Fingerabdrücke auf dem Glas hinterlassen.

10. KAPITEL,

in dem Klara – kawupptich – kochen lernt

Hänschen hatte Klara aus dem Frachtraum zu den Zelten gebracht, in denen die Mannschaft schlafen musste. Sie waren mitten in dem riesigen von Aluminium-Gräten durchzogenen Inneren des Luftschiffs aufgestellt.

»Für uns isses nicht so bequem wie für die Herrschaften«, entschuldigte sich Hänschen. »Bei mir ist noch eine Pritsche frei. Ich guck auch weg, wenn du dich umziehst.«

Klara schaute sich prüfend um. Sie hatte in der Vergangenheit schon unter sehr viel schlechteren Umständen die Nacht verbringen müssen.

Nach der Flucht der Schatten aus Tante Elfis Waisenhaus hatten sie sogar fast zwei Wochen unter Brücken, in alten Lastkähnen an der Spree und einmal sogar in einem Tiefkeller im dritten Hinterhof einer heruntergekommenen Kneipe geschlafen – bis sie die alte Schreinerei gefunden und für sich in Besitz genommen hatten.

Hans hatte ihr eine weiße, gestärkte Hose und eine doppelreihig geknöpfte weiße Jacke, wie sie die Küchencrew trug, geholt. Auf die Brusttasche waren das Zeichen der Deutschen Luftschifffahrt AG und der Name des Zeppelins, *Isabella*, gestickt. Klaras blonde Zöpfe passten so gerade eben unter die Kappe aus gleichfalls blitzweißem Leinen. Alles roch frisch nach Seifenlauge und einem Hauch von Lavendel.

Davon war jedoch schon bald nichts mehr zu riechen.

Klara schwitzte. Auch auf einem so schicken Luftschiff blieb eine Küche eine Küche, in der es viel zu heiß war und man sich beim Kartoffelnschneiden fies in den Finger schneiden konnte. Außer einem Piks in den Daumen war es aber bisher gut gegangen. Um Klara herum brutzelte und zischte, brodelte und spritzte es. Der Chefkoch Ernst Kroll öffnete den Backofen und wieder entwich ein Schwall heißer Luft. Allerdings auch ein Duft, der Klara ganz schwindelig machte. Ein Schweinebraten mit einer dicken Kruste, die langsam knusprig wurde, verströmte diesen Wohlgeruch, der auch weniger hungrige Küchenjungen durcheinandergebracht hätte.

»Aaaaah«, stöhnte Kroll voller Begeisterung über sein Meisterwerk. »Siehste, Kläuschen«, sagte er und zeigte Klara, was man tun musste. »Ordentlich begießen, immer wieder begießen. Darauf kommt es an, und am Ende dann noch mal *kawupptich* so richtig Hitze druff, dass die Schwarte brutzelt.«

Kawupptich war Krolls Lieblingswort. Alles musste *kawupptich* gehen.

Klara wischte sich mit dem Ärmel der Jacke, die schon jetzt nicht mehr richtig weiß war, den Schweiß von der Stirn, dann nickte sie. Sie sprach so wenig wie möglich. Obwohl bisher keiner Verdacht geschöpft hatte, dass der Küchenjunge vielleicht gar kein Junge war, sondern eine blinde Passagierin namens Klara Schlapp, riskierte sie so wenig wie möglich.

»Was biste ein zartes Jungchen«, hatte Ernst Kroll nur gesagt, als sie ihm vorgestellt worden war. Darauf hatte er dem zarten Jungchen gleich eine dicke Scheibe Salami abgeschnitten, die Klara nur zu gerne angenommen hatte.

Der Berg geschälter Kartoffeln in dem riesigen Topf vor ihr wuchs und wuchs.

»Von der fixen Sorte«, lobte der Küchenchef Klara. »Aber immer schön dünn schälen, nich den halben Erdapfel *kawupptich* inne Tonne kloppen, gell, Kläuschen?«

Klara lächelte und beugte sich über den Eimer zu ihren Füßen, in dem sich die Schalen sammelten. Das Lächeln verging ihr ziemlich bald, als Kroll ihr ein Netz Zwiebeln hinschob. Schon nach der ersten Knolle flossen die Tränen von den scharfen Ausdünstungen.

Bald verschwanden die ersten Leckereien durch den Speisenaufzug. Überbackene Schnecken, in Speck gerollte Datteln, ein Käsesoufflé, Salate und Suppen und zum Hauptgang der Schweinebraten in einer sämigen dunkelbraunen Soße nahmen denselben Weg.

Erst als alle Passagiere satt und zufrieden bei einer Tasse Kaffee oder einem Cognac saßen, tischte Ernst Kroll den Kartoffeleintopf mit Hammelfleisch für die Mannschaft auf. Alle Maschinisten und Funker, Stewards und Steuerleute, die gerade nicht das Luftschiff auf Kurs halten mussten, versammelten sich an einem langen Tisch, an dessen oberen Ende der Koch den Vorsitz hielt.

Klara musste einem nach dem anderen mit einer schweren Kelle einen ordentlichen Klacks Eintopf auf den Teller geben, erst dann durfte sie sich auf den Platz zur Rechten des Kochs setzen.

»Ein Prosit auf unser Kläuschen«, rief Ernst Kroll. »Der hat nämlich den ganzen Eimer Kartoffeln geschält, haste nich gesehen, war der Junge fertig.«

Alle hoben die Gläser, aber Klara verstand nicht sofort, dass die Männer auf ihr Wohl tranken. Sie hatte sich noch nicht so richtig an ihren neuen Namen gewöhnt. Außerdem schaufelte sie hastig die saftigen Hammelstücke und die weichen Kartoffelbrocken in sich hinein.

»Du futterst ja, als ob es morgen nix mehr geben würde«, rief einer der Maschinisten.

Ganz genau, dachte Klara. Wer wusste das schon?!

Gemeinsam mit Hänschen war sie fürs Tischabräumen zuständig. Klara hielt den Tellerstapel in den Händen und Hans schichtete einen Teller nach dem anderen darauf, als der Kapitän den Raum betrat. Die Mannschaftsmitglieder erhoben sich auf der Stelle, einige tippten mit zwei Fingern an die Stirn wie zu einem militärischen Gruß.

Klara hatte schon mitbekommen, dass die Männer nur mit größtem Respekt vom Kommandanten des Luftschiffs sprachen, also rührte sie sich nun auch nicht mehr, weil Geklapper mit den Tellern sicher nicht die richtige Art war, Kapitän Flick zu begrüßen.

»Bleibt sitzen, Männer«, sagte Roderich Flick. »Ich störe ungern beim Abendessen, aber ich habe eine wichtige und vertrauliche Mitteilung zu machen. Der Funker überbrachte uns soeben diese Nachricht.« Er räusperte sich, zog einen Zettel aus der Uniformjacke und las vor: »Es besteht der dringende Verdacht, dass sich ein unerwünschter Gast an Bord der *Isabella* befindet.«

Ach verflixt. So schnell waren sie also aufgeflogen! Klara spürte, wie ihre Hände vor Schreck zuckten. Sie hatte eigentlich gute Nerven, aber diese Nachricht war zu viel. Das Zucken reichte, um den Stapel in ihren Händen zum Wanken zu bringen. Mit einem Riesengeschepper zerschellten die Teller auf dem Boden.

Einen Augenblick herrschte absolute Stille.

»Donnerwetter!«, brachte der Koch als Erster heraus.

Klara starrte den Kapitän an, dann Hänschen, dem genau wie ihr sämtliche Farbe aus dem Gesicht gewichen war, dann den Koch, der wiederum rot anlief. Er schimpfte und schickte Hänschen los, um ein Kehrblech zu holen. Klara stand immer noch steif und starr da.

Sie musste die Nerven behalten.

Es nützte nichts, sich aus dem Staub zu machen, weit würde sie nicht kommen. Vielleicht konnte sie jedoch die anderen Schatten noch vor der Entdeckung bewahren? Wenn sie sich sofort stellte, konnten die anderen vielleicht unbehelligt –

Die Worte des Kapitäns unterbrachen ihre Gedanken.

»Hoppla«, sagte Flick. »Na ja, Scherben bringen Glück, und dann würde ich sagen, junger Mann: Du hast nun Glück bis an dein Lebensende. Und wir können das auch brauchen. Die Person, um die es geht, steht nämlich unter Mordverdacht und schreckt vor nichts zurück.«

Klara schluckte. Mordverdacht?

»Vielleicht hat diese Person auch eine Waffe an Bord geschmuggelt.«

Waffe? Klaras Mund war nun so trocken, dass es nichts mehr zu schlucken gab.

»Einen Revolver oder eine Pistole. Ein Kunstmaler in Berlin wurde ermordet, und wir können davon ausgehen, dass die Verbrecher zu allem in der Lage sind. Ich muss wohl niemandem erklären, was passiert, wenn an Bord der *Isabella* eine Schusswaffe abgefeuert wird.«

»Paduff«, machte einer der Männer.

Ein aufgeregtes Murmeln ging durch die Mannschaft. Auch Klara wusste Bescheid.

Paule hatte es auf dem Weg zum Flugfeld mindestens fünfmal erklärt: die riesigen Tanks mit dem schnell entzündlichen Wasserstoff, die feine Bespannung, die Gefahr, die von offenem Feuer drohte. Das gesamte Luftschiff konnte in Sekunden zu einem Feuerball werden.

Kapitän Flick hob beruhigend die Arme. »Am wichtigsten ist, dass wir alle die Ruhe bewahren, Männer! Ich vertraue der Mannschaft voll und ganz, schließlich kennen wir uns schon lange.«

Bis auf einen, dachte Klara, und es schien ihr, als starrten die anderen sie alle an.

»Bis auf unser Scherben-Kläuschen hier«, prustete der Koch. Er hatte seine gute Laune schon wiedergefunden und schlug Klara mit *kawupptich!* auf den Rücken. »Aber eine unreife Spargelstange wird wohl nich mit ’ner Knarre durch die *Isabella* marschieren, was?!« Ein zweiter, freundschaftlich gemeinter, aber deswegen nicht minder heftiger Schlag landete zwischen Klaras Schulterblättern. »Oder haste etwa Dreck am Stecken, Kleiner?«

Klara brachte nicht mehr als ein Husten hervor.

Die Männer der *Isabella* lachten, sogar über die vorher so ernste Miene des Kapitäns huschte ein Lächeln. Klara fiel mit nervösem Gackern in die allgemeine Heiterkeit ein, nur Hänschen schaute noch etwas blasser und besorgter drein.

Der Kapitän erhob wieder die Stimme: »Die gesuchte Person«, er machte eine gewichtige Pause, »ist eine Dame.«

Wieder erhob sich ein Murmeln.

»Sie heißt Therese Siebenstein. Auf unserer Passagierliste steht sie nicht, also muss sie sich irgendwo versteckt halten. Keiner lässt sich etwas anmerken, alle tun ihren Dienst wie immer und verlieren kein Wort über die Sache. Morgen früh, wenn sich alle Passagiere zum Frühstück im Salon eingefunden haben, werden wir die *Isabella* durchsuchen, systematisch von vorne bis hinten.«

Klara atmete vorsichtig auf. Therese Siebenstein. Eine Dame. Nicht die Schatten waren gemeint. Aber ihre Erleichterung war nur von kurzer Dauer. Bei einer Durchsuchung würden die anderen natürlich auffliegen. Eine Galgenfrist bis zum nächsten Morgen hatten sie noch. Bis dahin mussten sie sich etwas einfallen lassen.

»Na, dann wollen wir mal den Kladderadatsch hier aufräumen«, sagte Ernst Kroll, nachdem der Kapitän wieder zur Brücke aufgebrochen war. Er hielt Klara das Kehrblech hin.

Wenn Otto bloß da wäre, dachte Klara. Der hatte immer für alles einen Plan. Erst einmal kehrte sie die Scherben zusammen. »Wehe, ihr bringt kein Glück«, knurrte sie dabei.

11. KAPITEL,

in dem die Schatten etwas finden, das sie nicht gesucht haben

»Warum hast du das Mädchen in den Koffer geschubst?«, fragte Otto. Er war stinksauer auf Paule. Manchmal tat Paule unüberlegte Dinge und am Ende mussten Klara und Otto es wieder ausbügeln.

»Wenn die uns jesehn hat, sind wa jeliefert«, sagte Paule.

»Und wenn sie uns nicht gesehen hat, sind wir genauso geliefert«, gab Otto verärgert zurück. »Wir hätten uns einfach still davonschleichen sollen.«

»Und wenn die Kleene hier überall rumjeschnüffelt hätte? Oder wenn Lina jerade umme Ecke jeschlurft wär?«

Paule und Otto hatten ihren Teil des Frachtraums durchsucht. Als Lina nicht zurückgekommen war, hatten sie sich auf die Suche nach ihr gemacht und diese Amy, deren Puppe Otto gerettet hatte, beobachtet. Das Mädchen hatte in dem Koffer herumgewühlt. Bevor Otto auch nur eine Sekunde gehabt hatte, um einen Plan zu schmieden, hatte Paule schon Nägel mit Köpfen gemacht.

Otto versuchte einen Blick auf die Rückseite des Koffers zu werfen. »Hoffentlich erstickt sie nicht. Ich mein, in so einem Koffer geht einem doch irgendwann mal die Luft aus, oder?«

»Das will ich meinen!«, tönte es gedämpft aus dem Inneren des Koffers.

Otto zuckte zurück. Er schaute Paule besorgt an.

»Ick könnt een Loch rinbohren.«

»Und ich könnte dir ein Loch in den Kopf hauen!«, antwortete der Koffer.

»Die Kleene is nich sehr nett«, sagte Paule gekränkt.

»Die kann auch noch viel unnetter werden!« Jetzt ruckelte und rappelte der Koffer.

»Und jetzt?«, flüsterte Otto. Insgeheim wünschte er sich Klara herbei, aber das sagte er natürlich nicht.

Paule hob ratlos die Achseln.

»Paule Kowalski, wenn du nicht sofort den Koffer öffnest, dann …«

Ottos Augen weiteten sich. »Woher kennt sie deinen Namen?«

»Otto Karwuttke, ich verliere gleich die Geduld. Ich liefere euch an Wachtmeister Eltinger aus, und der bringt euch zu Tante Elfi.«

Ganz langsam wurde Otto klar, dass in diesem Koffer keineswegs das Mädchen mit der Puppe gefangen saß. »Lina?«, fragte er.

Paule hatte schon das Holzstück weggezogen, mit dem sie den Koffer verkeilt hatten, und zog ihn nun auf.

Vor ihnen stand ein Mädchen in einem roten Kleid mit einem Jäckchen über den Schultern und einer schwarzen Samtschleife im Haar. Es hatte die Hände vor der Brust verschränkt und die Unterlippe zu einem Schmollmund nach vorne geschoben.

»Lina?«, fragte Paule. »Dit bist nich du, oda?«

Lina grinste. »Wolltet ihr mich per Luftpost verschicken?«

»Du solltest hier nur überprüfen, ob die Luft rein ist. Von einer Modenschau war keine Rede«, schimpfte Otto.

Lina stolzierte jedoch in ihren schnieken neuen Klamotten einfach an ihm vorbei, wanderte einmal auf und ab und präsentierte sich wie die jungen Frauen in der Boutique Chez Chi-Chi, wenn sie den vornehmen Damen Kleider vorführten.

Otto pfiff durch die Zähne. Lina war wirklich kaum wiederzuerkennen.

»Schick, schick, die Dame!«, bestätigte Paule.

»Und der ganze Koffer ist voller Klamotten. Hier …« Lina zog einen Matrosenanzug aus dunkelblauem Stoff mit einem riesigen weißen Kragen hervor. »… der könnte dir passen, Paule.«

Ihr Bruder hielt sich die Jacke vor den Bauch.

»Und das ist was für dich, Otto.«

Der Anzug in Linas Hand schimmerte moosgrün. Otto strich darüber. »Ach, das ist doch viel zu vornehm für unsereiner«, murmelte er missmutig.

Paule zog eine weitere Jacke samt Hose und Weste hervor. Er schnappte nach Luft. Die Weste war aus feinstem karierten Samt geschneidert und man knöpfte sie mit kleinen cremefarben und bunt schillernden Knöpfen zu.

»Dit is Perlmutt, oda?«, fragte er ganz leise.

Otto nickte.

Jetzt war Paule nicht mehr zu halten. In nicht einmal drei

Minuten war er umgezogen. Zu allem Überfluss fand er auch noch passende Schuhe aus glänzendem Leder.

»Nun mach schon«, feuerte Lina Otto an. »In den Klamotten können wir durch den Salon und überall sonst herumlatschen. Nicht einmal mein eigener Bruder hat mich erkannt, und Erwachsene achten sowieso nicht auf Kinder.«

»Jenau«, pflichtete Paule ihr bei. Er strich immer wieder vorsichtig über die Perlmuttknöpfe an der Weste. »Hauptsache, schicke Klamotten, dann kiekt keener jenauer hin. Kleider machen Leute, oder wie heißt dit noch?«

»Und wenn uns die Kinder sehen und ihre Kleider erkennen?«, gab Otto zu bedenken.

»Dann können wir immer noch Verschwindibutzki machen!«

Otto zögerte immer noch, aber Paule stand schon im löchrigen Unterhemd da und schlüpfte in ein schneeweißes Hemd. Lina hielt ihm den Anzug hin.

Kleider machen Leute, dachte Otto, ob das wirklich stimmte?

Endlich nahm er die Hose und die Jacke und stand keine drei Minuten später neu eingekleidet neben Lina und ihrem Bruder. Er begutachtete sich im Spiegel. Nur seine struppigen schwarzen Haare erinnerten noch an den Otto Karwuttke, der schneller als jeder andere eine Fassade hinaufkletterte und selbst vor einem leibhaftigen Löwen nicht zurückschreckte.

»Jetzt brauchen wir nur noch einen Kammerdiener, der uns das Abendbrot bringt«, sagte er und drehte sich einmal vor dem Spiegel, dann verschloss er den Koffer. Gemeinsam gingen sie zu dem Automobil zurück.

Plötzlich rief jemand leise ihre Namen: Klara und Hänschen traten aus dem Dämmerlicht zu ihnen. Hänschen balancierte zwei, Klara ein Tablett mit blitzblanken silbernen Hauben darüber auf den Händen.

»Zimmerservice«, sagte Hänschen, aber dann verschwand das Grinsen aus seinem Gesicht.

»Wie seht ihr denn aus?«, rief Klara.

»Wir haben uns umgekleidet«, sagte Lina.

»Sind die Klamotten geklaut?«, fragte Hänschen misstrauisch. »Das geht auf keinen Fall. Ihr könnt doch nicht …«

»Natürlich können wir«, sagte Otto. »Wir müssen uns tarnen. Und in einem schicken Zeppelin sind elegante Kleider die beste Tarnung.«

»Hinterher geben wir alles wieder zurück«, versicherte Lina.

»Janz bestimmt«, sagte Paule und strich vergnügt über die Weste mit den Perlmuttknöpfen.

»Hm, das riecht aber gut«, wechselte Otto dann das Thema. »Was ist denn unter diesen Deckeln?« Klara hob die Haube von dem Teller in ihrer rechten Hand. »Tätärätääà! Eintopf für alle.«

Während der Rest der Bande sich über das Essen hermachte, berichtete Klara, dass sie am nächsten Morgen unangenehmen Besuch zu erwarten hatten.

»Eine Mörderin?«, fragte Lina.

»Mit eener Knarre?«, fragte Paule.

»Irgendwo auf der *Isabella* versteckt?«, fragte Otto. Erst als er die Frage ausgesprochen hatte, wurde ihm klar, was das bedeutete. Wenn es noch einen blinden Passagier außer ihnen gab, musste sich diese Person auch irgendwo außerhalb der Bereiche für die Mannschaft und die Passagiere aufhalten. »Wir sind also doch nicht alleine.«

»Aber wir haben doch alles durchsucht«, sagte Lina.

Hänschen schüttelte verzweifelt den Kopf. »Das glaubt mir keiner. Da hab ich die tollste Arbeit auf der ganzen Welt gefunden und nun sitze ich hier mit einer Diebesbande und einer Mörderin auf einem Luftschiff.«

Die Schatten hörten gar nicht auf ihn. Alle vier schauten sich um.

»Allet keen Grund, dit Essen kalt werden zu lassen«, durchbrach Paule das Schweigen.

»Stimmt«, sagte Otto.

Hänschen drängte Klara zum Aufbruch. »Wir müssen zurück. Kroll zieht dir die Ohren lang, wenn du den Abwasch nicht erledigst.«

»Ich will aber hier bei meiner Bande bleiben«, widersprach Klara.

»Nix da«, sagte Otto. »Solange alle glauben, dass du ein Küchenjunge bist, ist wenigstens einer von uns in Sicherheit.«

Wirklich überzeugt schien Klara nicht zu sein, aber sie folgte Hans doch. Nachdem die anderen ihre Portionen Kartoffeleintopf bis auf den letzten Löffel verputzt hatten, machten sie es sich auf den weichen Rücksitzen des Automobils bequem.

Die beiden Kowalskis sanken schon nach wenigen Augenblicken Seite an Seite in einen tiefen Schlaf. Otto nahm eine der Decken aus kurzem tiefbraunem Pelz, die auf den Ledersitzen gelegen hatten, und hüllte die beiden jüngeren Mitglieder der Schattenbande darin ein.

Er selbst war nicht weniger müde als Lina und Paule, aber Ruhe fand er nicht. Ihm war klar, dass dies kein harmloses Abenteuer war, auch wenn ihnen dieses Mal zumindest niemand einen Mord in die Schuhe schieben konnte – keiner von ihnen konnte diese Therese Siebenstein sein. Aber sie waren ohne ein Billett an Bord des Luftschiffs.

Als Otto ein Geräusch hörte, wusste er nicht, wie lange er seinen Gedanken nachgehangen hatte. Überhaupt hatte er sein Zeitgefühl in dieser riesigen fliegenden Zigarre verloren, weil es kein Fenster und nicht einmal eine Luke in dem Frachtraum gab. Seinem Gefühl nach musste es spät in der Nacht sein.

Otto horchte in die Dunkelheit. Er hörte das Brummen der Motoren, Paules leises Schnarchen, etwas entfernter fiepte ab und zu das Hündchen in seiner Kiste. Anfangs hatte es noch gekläfft, sich dann aber in sein Schicksal ergeben.

Waren das Schritte? Das Klackern von Absätzen?

Das hatte er gelernt, immer auf der Hut zu sein, zu spüren, wenn Gefahr drohte. Lina konnte das noch viel besser als er, sie verfügte wirklich über so etwas wie einen sechsten Sinn. Aber Lina schlief.

Otto spitzte die Ohren. Nichts. Er musste sich getäuscht haben.

Plötzlich krallte sich eine Hand in seine Schulter. Otto schreckte zusammen, aber bevor er einen Schrei ausstoßen konnte, legte jemand die Hand auf seinen Mund. Direkt neben seinem Ohr flüsterte Paule: »Janz still. Ick hab wat jehört.«

»Lass los«, zischte Otto zwischen Paules Fingern hervor. Er bekam kaum Luft, außerdem stanken Paules Finger irgendwie immer nach Öl und Benzin. Dieser Duft war Paule mit dem Herumfummeln an seinen Apparaten in die Haut gezogen. Jetzt nahm er die Hand von Ottos Lippen, gab ihm ein Zeichen und deutete auf die blitzblank gewienerte Scheibe, die den hinteren Teil der Limousine vom Bereich des Fahrers trennte.

Ohne den Kopf zu heben, konnte Otto in der Scheibe sehen, dass sich eine Gestalt hinter dem Auto bewegte, es langsam umrundete. Blitzschnell zog Otto die Decke über Paules und seinen Kopf. Lina gab ein leises Schnaufen von sich, wachte aber nicht auf.

Sie waren nun vollständig unter dem Pelz verschwunden.

Wenn der nächtliche Besucher nicht die hintere Tür öffnete und einen genauen Blick ins Wageninnere warf, würden sie unentdeckt bleiben.

Otto hörte das Klicken einer Türklinke und spürte, wie Paule neben ihm den ganzen Körper anspannte, um auf Zack zu sein, falls jemand die Decke von ihnen ziehen würde.

Otto hielt die Luft an. Wenn es hart auf hart kam, mussten sie aufspringen und dem Fremden die Decke über den Kopf stülpen – und dann ziemlich schnell die Mücke machen. Das war nicht besonders nett, aber darauf konnten sie nun keine Rücksicht nehmen.

Die Person öffnete jedoch die Fahrertür. Otto hörte ein leises Rascheln.

Paule hob die Decke ein wenig, streckte den Kopf und versuchte, in die Fahrerkabine zu schauen. Otto wollte ihn zurückhalten, aber Paule ließ sich nicht beirren, sondern winkte Otto herbei. Nun linste auch er vorsichtig nach vorn und sah den Rücken einer Dame, darüber schwarze Haare. Sie kniete und bückte sich ächzend in den Fußraum. Ein leises »Autsch« ertönte und darauf ein schmerzvolles »Oh nein!«, sie zog die Hand unter dem Sitz hervor und steckte den Zeigefinger in den Mund.

Augenblicklich zogen Otto und Paule die Köpfe zurück und verschwanden wieder in ihrer Deckung.

Kurz darauf fiel die schwere Autotür ins Schloss, Absätze klackerten und es wurde still. Nur die Motoren des Zeppelins brummten, sonst war nichts mehr zu hören.

Nach ein paar Minuten, die Otto und Paule sicherheitshalber abwarteten, schoben sie die Decke weg und lugten hinaus. Im Frachtraum war keine Menschenseele zu sehen.

»Dit is noch ma jut jejangen«, sagte Paule.

»Was hatte die hier zu suchen?«, fragte Otto.

»Ick hab die Madam schon ma jesehn. Uff dit Männerklo inne Abfluchhalle.«

»Welche Madame?«, fragte Lina. Sie war aufgewacht, gähnte und reckte sich. »Ist denn schon Morgen?«

»Nein, Lina, aber wir hatten Besuch«, sagte Otto und zu Paule gewandt: »Auf dem Männerklo?«

Paule erzählte den beiden anderen, wie er vor dem Abflug Rudi Siebenstein und die Frau im grünen Kleid belauscht hatte. »Und ick wette druff, dett wir unterm Sitz 'n kleenet braunet Päckchen finden. Jetzt kapier ick ooch, wat Rudi meente. ›Du legst es unta den Sitz‹, hatta ihr einjeschärft.«

Paule kroch in den Fahrerraum und tastete unter dem Sitz herum. Nach nur wenigen Augenblicken stieß er einen leisen Ruf aus: »Wusst ick's doch ...«

»Was denn?«, fragten Otto und Lina wie aus einem Mund.

»Keene Hetze mit dem juten alten Paule.« Paule richtete sich auf und präsentierte seinen Fund. Ein braun eingeschlagenes Päckchen, das mit einer rot-weißen Kordel zusammengeschnürt war.

»Was ist das?«, fragte Lina.

»Weeß ick doch nich«, antwortete Paule.

Otto nahm das Päckchen. Es war erstaunlich schwer für seine Größe.

Lina legte die Hand darauf, als wollte sie erspüren, was es mit dem Inhalt auf sich hatte. Solche Kräfte hatte sie nicht, aber immerhin konnte man sich auf ihre Vorahnungen verlassen: Da Linas Haare sich nicht sträubten, steckte wohl nichts Gefährliches im Paket.

Paule löste schon die Schnur. Zuerst kam eine Schicht Zeitungspapier hervor, dann ein kariertes Handtuch aus Leinen. Paule faltete es auseinander. Vier Metallplatten lagen in seiner Hand.

»Mir laust der Affe«, murmelte Paule. »Kiek ma. Zehner, Zwanziger, Fuffziger und Hunderter. Damit kannste König von Amerika werden.«

Vor ihnen lagen Druckplatten für die Herstellung von Dollarscheinen.

»Falschgeld?«, fragte Lina.

»Was denkst du denn?«, sagte Otto. »Wenn das Päckchen von Rudi Siebenstein kommt, ist das so sicher wie das Amen in der Kirche. Rudi macht die besten Blüten der Welt. Was Rudi fälscht, ist fast schon wieder echt.«

»Jefälscht hat«, sagte Paule.

»Stimmt, neue Werke wird's von ihm nun nicht mehr geben. Umso wertvoller sind die Dinger hier.«

Otto kraulte sich die Wirbel in seinem schwarzen Schopf, wie er es immer tat, wenn er scharf nachdenken musste. »Bei Falschgeld geht's um Millionen, ach was, um Milliarden vielleicht. Da geht die Bande auf Nummer sicher. Die eine Lady schmuggelt es durch den Zoll hinein in den Zeppelin, ein anderer übernimmt es an Bord.«

»Hinter so 'nem Jeschäft jibt's nur eenen Verein, der dahintersteckt.«

»Die Mafia!«, sagte Otto.

»Janz jenau«, sagte Paule. »Und die sind nich jerade zimperlich.«

»Das hat Rudi zu spüren bekommen?«, fragte Lina.

Otto nickte. »Die lassen keine Zeugen zurück.« Er formte die Finger seiner rechten Hand zu einer Pistole, machte »Bumm!« und tat so, als bliese er den Rauch von der Mündung.

»Jenau. Kurzer Prozess, wenn de nich mehr jebraucht wirst.«

»Aber wer an Bord der *Isabella* könnte das sein?«, fragte Lina.

»Der Besitzer des Autos«, sagte Otto.

»Du meinst …« Lina schnappte nach Luft. »Du meinst, Horatio W. Sourcrowd hat etwas mit der Sache zu tun?«

»Da sollten wa die Madame Fatale vielleicht een bisken warnen«, sagte Paule.

12. KAPITEL,

in dem Madame Fatale die »Schwarze Katze« auferstehen lässt

»Wir müssen nur ganz unschuldig gucken«, sagte Otto. »Wenn wir es bis zur Kabine von Madame Fatale schaffen, sind wir schon fast in Sicherheit.«

»Aber wir wissen doch gar nicht, welche Kabine sie hat«, sagte Lina.

»Natürlich wissen wa dit. Also icke jedenfalls. Ick kann euch sojar vaklickern, det die Madame Veilchen uff ihrm Nachttisch hat«, sagte Paule. »Und ick weeß ooch die Nummer von die Baronin, und die hat Lilien …«

»Paule, wir wollen keinen Blumenladen aufmachen!«, fuhr Otto dazwischen.

»Neunzehn, dit is die Nummer neunzehn«, sagte Paule und zog eine beleidigte Schnute.

»Dann los«, befahl Otto.

Lina war nicht ganz von Ottos Vorschlag überzeugt. Wenn sie als blinde Passagiere erwischt wurden, war das schon schlimm genug. Aber blinde Passagiere mit Falschgeldplatten in der Hand? Dafür mussten sie sich schon eine ziemlich gute Ausrede einfallen lassen. Mit der Wahrheit brauchten sie da niemandem zu kommen, die würde garantiert keiner glauben.

»Du hast selbst gesagt, dass wir mit den Klamotten aussehen wie die Kinder von Generaldirektor Stinkreich oder Herrn Graf von und zu Protz. Kein Erwachsener wird uns beachten!«, beteuerte Otto.

Paule gähnte. »Ick weeß nich. Vielleicht wäret ja klüger, wenn wa dit Janze einfach üba Bord schmeißen.«

»Bist du verrückt?«, fragte Otto. »Das ist ein Beweisstück.«

»Na eben drum. Biste jetzt bei die Polente oder wat? Zack und weg damit oder willste jerne damit erwischt werden? Dann schmeißen se dir nämlich aus die fliejende Zijarre.«

»Dich«, verbesserte Lina ihn.

»Jenau, und mir ooch.«

»Mich«, sagte Lina.

»Richtig. Dir jenauso, die janze Bande.« Paule grinste.

»Hört auf. Wir gehen jetzt«, erklärte Otto.

Lina seufzte. Otto war der Bandenführer – jedenfalls solange Klara nicht da war.

Als sie den Frachtraum verließen und sich über die schmalen Stege und Leitern aus Aluminium der Tür näherten, die zum Bereich der Passagierkabinen führte, drehte Otto sich noch einmal um. »Ganz unschuldig gucken«, ermahnte er Lina und Paule.

Das war leichter gesagt als getan, denn Lina standen schon wieder die Haare zu Berge. In diesem Fall hätte sie allerdings ihren sechsten Sinn nicht gebraucht, um zu wissen, dass sie sich auf einer heiklen Mission befanden.

»Und du hältst schön den Mund.« Lina knuffte Paule liebevoll in die Seite. »Denn Kinder von Herrn Steinreich oder von Graf Protz verwechseln niemals mir und mich und dir und dich.«

»Wat sind 'n dit für Töne.« Paule knuffte zurück. »Redet 'ne kleene Schwesta so mit ihrn Bruda?«

Otto verdrehte die Augen. »Jetzt ist aber Schluss, ihr beiden!« Er öffnete die Tür zunächst nur einen Spaltbreit und lugte in den Gang. »Die Luft ist rein.« Er winkte Lina und Paule herbei.

Wie viel Uhr mochte es wohl sein?, fragte sich Lina. In Berlin wusste sie immer ungefähr, wie spät es war. Morgens weckte sie meistens die Sonne in ihrem Bandenversteck oder sie hörten die Turmuhr der Apostelkirche schlagen. Aber im Inneren des Zeppelins sah man keine Sonne – und auch keinen Mond. Sie hörte nur, wie aus einer Kabine das durchdringende Schnarchen eines Mannes drang. Oder war es eine Frau, die da schnarchte? Muttchen Pieper, die ihnen im Winter schon einmal Unterschlupf gewährte oder sie mit einem Wurstbrot fütterte, schnarchte lauter als die Arbeiter von den Spreekähnen, die oft in ihrer Schankstube mit dem Kopf auf dem Tisch einschliefen.

Die drei Schatten schlichen weiter durch den Flur. Hinter der nächsten Tür stritten zwei Kinderstimmen.

»Shut up, you fool!«, schrie ein Junge. »AUTSCH!« Dann begann er laut zu heulen.

Das musste die Kabine der amerikanischen Kinder sein. Eine strenge Stimme ermahnte sie auf Englisch zur Ruhe.

»Wir sollten uns beeilen«, flüsterte Lina.

Otto murmelte leise die Zahlen, die in silbrig schimmernden Ziffern auf den Türblättern der Passagierkabinen angeschlagen waren: »… elf, zwölf, vierzehn …«

»Wat ist denn dit?«, fragte Paule. »Könn die nich zählen?«

»Paule! Die Kabine dreizehn will niemand, das bringt Unglück«, sagte Lina.

»Pssst!«, zischte Otto. »Die übernächste, das ist Madame Fatales Kab…«

Weiter kam er nicht. Aus der Tür links von ihnen trat ein Mann. Er trug die Uniform der Stewards. Auf einer Hand balancierte er ein Tablett, auf dem ein knuspriges süßes Hörnchen lag, dazu ein Schälchen mit Marmelade und eine Tasse, in der duftender Kakao schwappte.

Paule seufzte und schmatzte leise.

Lina und Otto standen stocksteif da. Lina hielt die Luft an.

»Was macht ihr denn hier?«, fragte der Steward freundlich. »Habt ihr euch verlaufen? Oh … äh … sorry«, sprach er weiter, bevor einer der Schatten antworten konnte. Er suchte nach den Worten: »How do you … ich meine … what do you do hier?«

Linas Gehirn arbeitete auf Hochtouren. Sie hatte sich schon eine Menge englischer Wörter beigebracht, Fremdsprachen lernte sie nämlich im Handumdrehen Aber was bedeutete noch einmal Frühstück? Früh hieß *early* und Stück hieß *piece. Earlypiece*? Nein, das war falsch.

Lina sah schon, wie Paule Luft holte. Oh nein, wenn er auch nur einen Ton sagte, waren sie geliefert. Es fühlte sich an wie eine Ewigkeit, aber dann schoss es ihr durch den Kopf und purzelte auch schon über ihre Lippen.

»Breakfast!«, stieß Lina hervor.

»Was?«, fragte der Steward. »I mean: what?«

»We are looking for the breakfast room«, sagte Lina in feinstem Englisch, jedenfalls so fein, dass der Steward, der kaum ein Wort in dieser Sprache richtig herausbrachte, es für feinstes Englisch hielt.

»Ah. The breakfast room. Kein problem. You must go … in the Salon. Ich zeige euch … äh … you den way.« Das funktionierte ja perfekt! Lina warf Otto einen stolzen Blick zu.

»My English is ziemlich very much mies, sorry«, entschuldigte sich der Steward und schob die drei vor sich her, bis zur nächsten Biegung des Flurs. »Look there, please!«, sagte er und zeigte auf eine Tür am Ende des Ganges. »The breakfast room.«

»Thank you very much«, sagte Lina und knickste.

»Bitte sehr.« Der Steward machte einen Diener. »And good appetite. Äh, oder wie das heißt!« Er wischte sich mit seinem Taschentuch den Schweiß von der Stirn, dann drehte er auf dem Absatz um und verschwand um die Ecke.

Lina atmete tief durch.

»Hui«, sagte Otto nur und schlug ihr anerkennend auf die Schulter. »Aber jetzt: Nichts wie weg hier!«

Sie liefen den Weg zurück zu den Kabinen.

»Neunzehn«, sagte Otto an der dritten Tür auf der linken Seite, aber er traute sich nicht zu klopfen.

Lina pochte dreimal. Nichts war zu hören. Kein »Herein!« und auch kein »Heraus!« erklang. Lina hob noch einmal die Hand, aber bevor ihre Knöchel das Türblatt berührten, erklang von drinnen die Stimme von Madame Fatale: »Ein sehr schönes Kleidchen, Lina. Ist das aus dem Chez Chi-Chi?«

Ottos Augen weiteten sich.

Paule schüttelte den Kopf. »Die Frau is mir unheimlich. Ooch 'n paar Hundert Meta üba der Erde. Oda jerade da.«

Lina schluckte. Sie wusste, dass Madame Fatale einen Narren an ihr gefressen hatte. Während die anderen Schatten Madame Fatale immer ein wenig argwöhnisch beäugten, fühlte Lina sich der Frau, die so geheimnisvoll sein konnte, sehr nah. Aber dass sie nun wusste, wer da in welchem Kleid vor der Tür stand – das beunruhigte sogar sie.

»Kommt rein, sonst werdet ihr doch noch erwischt«, drang Madame Fatales Stimme deutlich durch die immer noch geschlossene Tür. »Und ihr wisst ja: Blinde Passagiere werden umgehend über Bord geworfen.« Sie lachte glockenhell. Lina schauderte.

Am Ende des Flurs waren Schritte zu hören.

»Der Steward«, knurrte Otto. »Er kommt zurück!«

Er griff an Lina vorbei zur Türklinke und drückte sie auf. Dann schob er Lina und Paule über die Schwelle, trat selbst ein und zog die Tür wieder zu. Lina schnappte nach Luft.

»Was …?«, stammelte Otto. Mehr brachte er nicht hervor.

»Dit gloob ick nich«, murmelte Paule. Der Raum sah nicht aus wie eine Kabine in einem Luftschiff, sondern bis in die kleinste Kleinigkeit wie das ehemalige Büro in der »Schwarzen Katze«, die doch mitsamt dem größten Teil ihres Inhalts zu Staub und Asche zerfallen war. Hohe Regale standen an den Wänden, in denen ein wildes Durcheinander aus Aktenmappen und Büchern herrschte.

Die Wände waren dicht an dicht mit Plakaten bedeckt, wie eine Tapete. Sie warben in allen Sprachen der Welt für die sensationellen Aufführungen der »Schwarzen Katze«. Der wuchtige Schreibtisch stand da, darauf die Kristallkugel, und auch der aus Elfenbein geschnitzte Elefantenkopf, der eigentlich ein Telefon war, fehlte nicht.

Lina trat zum Bücherregal, sie wollte einen der goldgeprägten Buchrücken berühren, aber ihre Finger drangen einfach hindurch, als fassten sie in Luft. Auch beim zweiten Versuch konnte sie die dicken Schwarten nicht greifen. Für den Bruchteil einer Sekunde zuckte und flimmerte das Bild, zuerst nur ein bisschen, dann stärker, und wie aus dem Nichts tauchten zwei Gestalten auf.

Lina rieb sich die Augen, aber die Gestalten verschwanden nicht. Es waren zwei Frauen: Fräulein Popinet, die ehemalige Lehrerin, die zuletzt als Taschendiebin in der »Schwarzen Katze« gearbeitet hatte. Und neben ihr Yvette Lorraine, die grüne Lady, eine der Attraktionen, die einen festen Platz im Programm des Varietés hatten.

Wie kamen die beiden Frauen hierher? Sie waren doch mit dem Rest der Truppe an Bord eines Ozeandampfers gegangen, der sie ebenfalls nach New York bringen sollte?

»Ich kann überhaupt nichts hören«, flüsterte Otto, der die Szene ebenfalls mit offenem Mund angestarrt hatte. Er schlug sich mit der flachen Hand gegen sein rechtes Ohr, als wolle er es in Gang bringen.

Tatsächlich, es war – bis auf das aufgeregte Schnaufen von Paule – ganz still im Raum, obwohl die beiden Frauen sich heftig zankten, was häufig vorkam, weil Fräulein Popinet einen starken Drang hatte, Dinge zu mopsen, und sich immer wieder an Yvette Lorraines Modeschmuck vergriff.

Madame Fatale verzog das Gesicht. »Natürlich kannst du nichts hören. Holografische Phänomene sind immer stumm.«

»Holo… watt?«, fragte Paule.

»Ihr seht hier die erste und weltbeste holografische Illusion. Mein guter alter Freund Mieczysław Władysław Wolkenstein von der Universität in Warschau müht sich schon seit einigen Jahren mit dieser Erfindung ab, aber bei ihm will es nicht klappen.« Madame Fatale lächelte geringschätzig. »Er ist die Sache ein bisschen zu wissenschaftlich angegangen, der gute Mieczysław Władysław. Ihm fehlte einfach das gewisse … Etwas, ihr wisst schon.«

Lina wusste nicht, aber sie ahnte. Bei Madame Fatale war immer ein bisschen Magie im Spiel, manchmal sogar ziemlich viel, auch wenn sie das nicht zugab.

»Ich habe ein paar Ergänzungen vorgenommen, und schon kann ich mich überall zu Hause fühlen.«

»Können Se ooch wat anderet zaubern?«, fragte Paule aufgeregt. »Unsa Bandenvasteck zum Beispiel?«

»Wer will denn so was sehen?«, fragte Madame Fatale abfällig. »Aber natürlich wäre es überhaupt kein Problem, die alte Schreinerei zu holografieren.« Sie seufzte. »Das wäre der Hit der Saison geworden. Die Zuschauer hätten einen Gegenstand abgegeben, und dann …« Sie machte eine weitschweifende Handbewegung durch den Raum, schüttelte den Kopf und verstummte.

»Dit is wie Kintopp. Kommt dit aus dem Kästchen?« Paule zeigte auf einen nicht sehr großen quadratischen Apparat, von dem ein paar Drähte zu der Kristallkugel führten.

»Richtig«, antwortete Madame Fatale. »Aber es ist besser als Kino, weil es nicht flach wie eine Leinwand ist, sondern alle drei Dimensionen zeigt: hoch, breit, tief. Nur mit den Tönen habe ich nach dem Brand gewisse Probleme, wahrscheinlich ist Rauch in die Apparatur gezogen und hat etwas kaputt gemacht. Sei's drum. Wer will schon das Gekeife der beiden Frauen hören?«

Madame Fatale klatschte kurz auf den Deckel des Kästchens, und schon verschwand die holografische Illusion. Jetzt befanden sie sich in der engen Kabine des Luftschiffs. Sie bot nicht viel Luxus, aber alles, was man für eine bequeme Reise brauchte. Ein paar von den Aktenmappen, Kladden und Büchern, die Madame Fatale aus dem brennenden Theater gerettet hatte, lagen herum. Auf dem Klapptisch an der Wand lag die Kristallkugel, daneben stand immer noch der Kasten mit den Drähten.

»Ich bin sehr hungrig und es soll ein sehr gutes Frühstück auf der *Isabella* geben«, sagte Madame Fatale. »Also: Wo ist Klara? Habt ihr sie mit dem Köter in Berlin gelassen?«

»Sie arbeitet als Küchenjunge hier auf der *Isabella*«, sagte Otto.

»Als Küchenjunge?« Madame Fatale runzelte die Stirn. »Oje, mein armes Frühstück.«

Madame Fatale hielt sich nicht gerne mit langen Reden auf, das wusste Lina, also kam sie auch gleich zur Sache und erzählte ihr, was sie im Frachtraum unter dem Sitz des Automobils gefunden hatten und welchen Verdacht sie hegten.

»Ein Päckchen?«, fragte Madame Fatale zwischendurch und »Falschgeld?« und »Horatio?«.

Lina, Paule und Otto bejahten ihre Fragen, schließlich legte Otto das Päckchen auf den Tisch und öffnete es.

Madame Fatale begutachtete den Inhalt, nahm jede der Platten einzeln in die Hand, hielt sie gegen das Licht. Danach saß sie kerzengerade da und strich mehrere Male über ihren Dutt. Es dauerte eine Weile, bis sie endlich anhob, etwas zu sagen, aber in diesem Moment klopfte es an der Tür.

Die Schatten zuckten zusammen.

»Horatio«, raunte Madame Fatale den Kindern fast lautlos zu.

Otto wickelte schnell das Papier um die Druckplatten und ließ das Päckchen hinter seinem Rücken verschwinden.

»Wer da?«, rief Madame Fatale laut.

»Ich biiiin's«, rief Horatio W. Sourcrowd zurück. »It's breakfast time … äh … will sagen: Das Frühstück ru-huft.«

Madame Fatale zwinkerte den Kindern zu und legte den Zeigefinger auf die Lippen. »Oh, mein Lieber, ich habe doch tatsächlich ein wenig verschlafen, man schlummert wie ein Murmeltier so hoch in den Lüften.«

Zu den Schatten gewandt sagte sie leise: »Kein Auge habe ich zugetan. Er hat nebenan in der Kabine geschnarcht, als wolle er einen ganzen Wald absägen.«

Lina kicherte, schlug aber schnell die Hand vor den Mund.

»Gehen Sie nur vor und bestellen Sie Ihr heiß geliebtes Steak, außen schön braun und innen schön blutig«, sagte Madame Fatale laut. Sie wartete einen Moment, bis Horatio sich entfernt hatte, dann wandte sie sich wieder den Schatten zu. »Ihr glaubt also, dass Horatio etwas mit den Falschgeldplatten zu tun hat und vielleicht sogar hinter dem Mord an diesem Siebenstein steckt?«

»Vielleicht«, sagte Otto.

»Vielleicht aber auch nicht«, sagte Lina.

»Ein *Vielleicht* reicht nicht aus«, sagte Madame Fatale. »Nun gut, der liebe Horatio ist bestimmt nicht so reich geworden, indem er sich immer an die Gesetze gehalten hat. Man darf ihm auch nicht über den Weg trauen. Bei unserem Banküberfall im Jahre 1901, von dem ich euch erzählt habe, hätte er fast einen Teil der Beute behalten.«

»Warum haben Sie denn die Bank überfallen?«, fragte Lina.

»So gesehen war es überhaupt kein echter Banküberfall, eigentlich eher eine Wiedergutmachung. Das Geld, das wir uns geholt haben, gehörte einer Showtruppe, die von dem Inhaber der Bank betrogen und in den Ruin getrieben wurde. Aber das tut hier nichts zur Sache. Seine Steuern bezahlt Horatio auch nicht immer ordnungsgemäß, und er schenkt natürlich in seinen Lokalen Alkohol aus, obwohl das in Amerika unter Strafandrohung verboten ist. Aber Falschgeld? Mord?«

Lina hob vorsichtig den Zeigefinger.

»Ja, meine Kleine?« Madame Fatale lächelte sie an.

Lina mochte es nicht, wenn man sie so nannte. Sie hasste es geradezu.

»Vielleicht …« Lina druckste ein bisschen herum, sagte dann aber: »Vielleicht könnten Sie einen kleinen Blick da hineinwerfen?« Sie zeigte auf die Kristallkugel.

»Natürlich kann ich das.« Madame Fatale zog die Augenbrauen hoch. »Aber warum sollte ich?«

»Damit wir wissen … also … Sie könnten uns die Zukunft voraussagen.«

»Aber Kind.« Jetzt war Madames Stimme kühl und missbilligend. »Ich bin doch keine Hellseherin.«

»Natürlich nicht.« Lina ließ den Kopf sinken. »Aber manchmal können Sie doch ... ich meine, Sie haben doch schon ...«

»Papperlapapp.« Madame schüttelte den Kopf. »Ich kann euch wirklich nicht helfen. Außerdem habe ich, wie bereits erwähnt, Hunger.« Sie erhob sich und wollte zur Tür gehen.

»Der Kasten«, sagte Lina. »Könnten Sie nicht vielleicht damit ...«

»Was?«, fragte Madame Fatale. Ihr Ton war so schneidend, dass Lina zusammenzuckte und erschrocken verstummte.

»Dit Ding kannste vajessen«, sagte Paule abfällig. »Der Kasten kann nüscht. Ehrlich jesagt hab ick mir dit gleich jedacht.« Dabei zwinkerte er Lina verstohlen zu.

»Aber gerade eben hat es doch auch funktioniert«, sagte Lina verständnislos.

»Dit war irjend so een billiger Trick. Ick sach et dir: Dit Holodingsbums is nüscht als Plunder.«

»Wie bitte?« Madame Fatale hatte bereits eine Hand auf die Türklinke gelegt, nun drehte sie sich empört zu Paule um.

»Paule hat recht«, sagte Otto. »Wenn dieser Kasten auch nur halb so toll wäre, wie Sie vorhin behauptet haben, dann müsste er doch auch zu was nütze sein.«

»Was meinst du damit?«, fragte Madame Fatale. »Was genau willst du wissen?«

»Wer die Falschgeldplatten an Bord gebracht hat, zum Beispiel.«

»Das ist überhaupt kein Problem«, erklärte Madame Fatale kühl und ging in großen Schritten auf Otto zu. Sie nahm ihm die Falschgeldplatten aus der Hand und wickelte sie aus dem

Papier, dann legte sie sie oben auf den Deckel des holografischen Kastens und begann die Drähte umzustöpseln, die den Apparat mit der Kristallkugel verbanden. Danach klatschte sie mit der flachen Hand auf die Kugel. Dreimal kurz, viermal lang, zweimal kurz. Nun noch ein letzter Schlag mit der Faust.

»Voilà«, sagte Madame Fatale.

13. KAPITEL,

in dem ein blinder Passagier entdeckt wird

»Schön blutig«, murmelte Klara. »Außen schön braun, innen schön blutig«, wiederholte sie immer wieder und starrte in die Pfanne.

Sie versuchte krampfhaft, die Augen offen zu halten, aber das fiel ihr nach dieser Nacht schwer. Immer wieder sackte ihr das Kinn runter, die Lider sanken hinab. Direkt neben dem Zelt, in dem Hänschen und sie schliefen, hatte ein Maschinist geschnarcht, dass es einem in den Ohren dröhnte.

Normalerweise hätte Klara das nichts ausgemacht. Sie konnte auch bei größtem Lärm und im absoluten Chaos schlafen. Solange Otto, Paule und Lina bei ihr waren. Aber gestern Nacht waren sie eben nicht zusammen gewesen. Die anderen Schatten hatten im Gepäckraum übernachtet – vielleicht zusammen mit einer Mörderin, die sich dort ebenfalls versteckt hielt.

Vor lauter Sorge um ihre Freunde hatte Klara kein Auge zugetan. Erst gegen Morgen war sie in einen unruhigen Schlaf gesunken, aber kurz danach hatte sie auch schon wieder aufstehen müssen, um fix und fertig dazustehen, wenn auch die anderen den Dienst antraten.

Und nun musste sie auch noch diese gusseiserne Pfanne mit spritzendem Fett bewachen. Eigentlich sollte sie nicht auf die Pfanne, sondern auf diesen riesigen Brocken Fleisch achtgeben, fast eine halbe Kuh brutzelte da. Außen schön braun und innen schön blutig sollte das Steak werden, das hatte der Chefkoch ihr eingeschärft, um sich dann um all die Sonderwünsche der anderen Passagiere zu kümmern.

»Der Gast ist König! Amerikaner wie Mister Sourcrowd haben klare Vorstellungen davon, wie ein gutes Steak zum Frühstück auszusehen hat, und wenn er es mit blauen Punkten haben will, kriegen wir *kawupptich* auch das hin«, hatte der Chefkoch Klara eingeschärft.

Klara hatte darauf verzichtet, dem Koch zu erklären, dass Horatio W. Sourcrowd eigentlich Sauerkraut hieß und aus einem Dorf im Schwabenland stammte.

Sie begutachtete das Fleisch. Außen war es jetzt auf jeden Fall schön braun. Aber woher sollte sie wissen, ob es innen schön blutig war? Sie griff nach einer Fleischgabel und einem der monströsen Messer, die überall in der Kombüse herumlagen.

»Um Gottes willen!«, schrie der Chefkoch und stürzte herbei, bevor Klara in den Klumpen Fleisch schneiden konnte. »Du ruinierst das gute Stück.« Er drückte nur einmal mit der flachen Seite des Messers darauf und sagte: »Perfekt! Auf den Teller und raus, aber *kawupptich*! Wo ist der Chefsteward?«

Klara zuckte die Achseln. Kein Chefsteward war zu sehen.

»Der Steward? Der erste Hilfssteward? Der zweite? Hänschen?«

Klara zuckte einmal, zweimal, dreimal und ein viertes Mal die Achseln.

»Ich werde wahnsinnig, wir brutzeln uns hier die Finger wund und jetzt wird alles kalt«, jammerte der Koch, dann überlegte er einen Moment, nahm Klara genauer in Augenschein und befahl: »Klausi, du musst ran. Zieh die fettige Schürze aus und ab mit dir in den Salon. Aber *kawupptich*!«

Schon hielt Klara den Teller mit dem Steak und ein paar Bratkartoffeln, die der Koch noch dazugehäuft hatte, in der Hand. Der Duft des Essens zog ihr in die Nase, sie hatte schon wieder Hunger, aber natürlich beherrschte sie sich. Sie bog auch nicht ab zum Frachtraum, um den anderen Schatten dieses Frühstück zu servieren.

Als sie den Salon betrat, entdeckte Klara als Erstes Hänschen, der gerade Horatio W. Sourcrowd bediente. Er teilte sich den Tisch mit der Dame, deren Perlenkette Klara schon in der Abflughalle aufgefallen war. Wo ist Madame Fatale?, fragte sich Klara. War sie vielleicht seekrank geworden? Oder wie sagte man in einem Zeppelin? Luftkrank?

Hänschen goss Kaffee aus einer silbernen Kanne in die vornehmen Porzellantassen mit Goldrand. Bei Klaras Anblick weiteten sich seine Augen, er starrte sie überrascht an und zielte daneben. Der Kaffee plätscherte auf das strahlend weiße Tischtuch.

Horatio schrie auf, aber seine Tischnachbarin blieb ganz ruhig und schob einfach die Tasse unter den dampfenden dunklen Strahl, der nun sein Ziel traf. Klara stellte den Teller vor Madame Fatales Verehrer.

»Wohl bekomms!«, sagte sie.

Sourcrowd erkannte Klara nicht, er hatte nur Augen für sein Steak. »Außen schön braun und innen schön blutig«, murmelte Klara.

»Was machst du hier?«, flüsterte Sourcrowd plötzlich.

Klara zuckte zusammen.

Sourcrowd schien ein gewiefter Typ zu sein, er hatte sofort verstanden, dass etwas nicht stimmte. »Sind die anderen etwa auch …« Er zwinkerte Klara verschwörerisch zu.

Er sprach nicht weiter, weil die Dame mit der Perlenkette sich weit über den Tisch beugte und um die Konfitüre bat. Dabei spitzte sie die Ohren.

»Bitte schön, liebe Baronin, Erdbeere, sehr köstlich«, pries Sourcrowd die Konfitüre an.

Klara nickte und wollte sich wieder in die Küche verdrücken, aber der Kapitän des Luftschiffs und ein paar seiner Männer betraten den Salon. Der Erste Offizier postierte sich vor der Tür.

»Meine hochverehrten Damen und Herren, Ladies and Gentlemen, leider muss ich Sie über eine kleine Unannehmlichkeit informieren. Mich erreichte ein Funkspruch, dass …«, Kapitän Flick druckste ein wenig herum, rückte dann aber mit der Sprache heraus, »… dass sich eine unerwünschte Person

an Bord unseres Luftschiffs versteckt hält. Ein blinder Passagier.«

Sofort schwoll ein Gewisper und Getuschel unter den Gästen an.

»Es besteht kein Grund zur Sorge«, beschwichtigte der Kapitän die Passagiere.

Keine Sorge?, dachte Klara. Der Kapitän hatte wohlweislich verschwiegen, dass dieser blinde Passagier eine Mörderin war und vielleicht eine Waffe im Gepäck versteckte, aber sie sagte natürlich nichts, schließlich war sie auch eine blinde Passagierin.

»Wir müssen jetzt das gesamte Luftschiff von vorne bis hinten durchsuchen.«

Wieder brandete ein aufgeregtes Geflüster auf.

»Solange bitten wir Sie, es sich hier im Salon gemütlich zu machen und in aller Ruhe zu frühstücken. Es wird Ihnen natürlich an nichts fehlen, dafür sorgt unser Chefkoch, Herr Kroll, mit seinen Leuten.« Der Kapitän nickte Klara zu, die sich allerdings am liebsten gerade unter einem der Tische verkrochen hätte.

»Das ist ja un-er-hört!«, beschwerte sich ein Herr mit gezwirbeltem Schnauzbart und betonte jede Silbe.

»Ich lasse es nicht zu, dass in meinen Sachen gewühlt wird!«, ertönte es von einem der hinteren Tische.

»Wir dürfen nicht in unsere Kabinen?«, warf ein anderer in den Raum.

»What did he say?«, fragte das Mädchen, dessen Puppe Otto vor dem Abflug gefunden hatte. Es hatte bisher aus dem Fenster geschaut und immer, wenn es etwas gesehen hatte, aufgeregte Rufe ausgestoßen.

»Nichts sagt er, Amy«, antwortete die Kinderfrau, die mit Amy und ihren Brüdern an einem Tisch direkt am Fenster saß.

»Oh mein Gott! Ich brauche mein Riechfläschchen«, rief die Dame, der das Fledermaushündchen gehörte, und griff nach ihrer Handtasche aus Krokodilleder, die an ihrer Stuhllehne hing. »Sie verdächtigen uns alle?«

»Aber nein«, beschwichtigte der Kapitän. »Es erleichtert meinen Männern nur die Arbeit, wenn Sie hier bleiben. Bei der Durchsuchung Ihrer Kabinen rufen wir Sie dann auf.«

»Also doch!«, rief jemand.

Klara nutzte das Durcheinander, um sich langsam zur Tür zu bewegen. Hänschen gab sie ein Zeichen. Sie mussten Otto, Paule und Lina irgendwie in Sicherheit bringen.

Sie hatte gerade die Tür zu den Gängen erreicht, die nach hinten in die Mannschaftsräume und dann weiter in den Bauch des Luftschiffs führten, als der Herr mit dem Schnauzbart aufsprang.

»Un-er-hört«, posaunte der Mann immer wieder. »Uuuun-er-hööööört! Ich werde mich bei Herrn Zeckenbart persönlich beschweren. Ich bin Anteilseigner der Deutschen Luftschifffahrt AG und lasse mich nicht verdächtigen. Und meine Kabine durchsucht auch niemand.«

Der Mann stürmte quer durch den Raum, der Kapitän hob die Hände, eine der Damen schrie auf, als der rücksichtslose Kerl sie beinahe mitsamt dem Stuhl umkippte. »Beiseite mit dir«, blaffte er Klara an, die ihm an der Tür im Weg stand. Als sie nicht schnell genug Platz machte, schubste er sie einfach weg.

Klara konnte sich nicht auf den Beinen halten, stürzte vornüber und knallte mit einem schmerzhaften Stoß auf den Boden.

»Autsch!«, entfuhr es ihr unwillkürlich.

»Dieser Rüpel«, erwiderte eine Männerstimme. Von den blitzblank geputzten und polierten Schuhen, vor denen sie gelandet war, blickte sie hoch in das Gesicht des Kapitäns. Roderich Flick. Ausgerechnet. Ach du grüne Neune, nichts wie weg hier.

»Ich … äh … Verzeihung vielmals.«

»Na hör mal. *Du* musst dich doch nicht entschuldigen«, sagte der Kapitän und warf einen missbilligenden Blick zur Tür. Der Kerl mit dem Zwirbelbart hörte ihn allerdings nicht mehr, er war längst aus dem Salon gestürmt. Vermutlich baute er sich gerade vor seiner Kabinentür auf, um eine Durchsuchung zu verhindern.

»Hoffentlich hast du dir nicht wehgetan«, sagte der Kapitän.

»Kein bisschen«, versicherte Klara und griff dabei dankbar nach der Hand, die ihr der Kapitän hinstreckte. Als sie endlich wieder auf den Füßen stand, bemerkte sie drei Dinge gleichzeitig:

1. Ihre Schulter tat verflixt weh.
2. Im Salon war es plötzlich mucksmäuschenstill, und
3. Kapitän Flick ließ ihre Hand nicht mehr los.

Klara zog.

Der Kapitän hielt fest.

Klara zog stärker.

Die Hand des Kapitäns umklammerte ihre Finger wie ein Schraubstock.

»Wen haben wir denn da?«, fragte er.

»Kla-kla…«, fast hätte Klara sich verplappert, aber sie korrigierte sich im letzten Augenblick. »Kla-us Müller. Küchenjunge.«

»Aha«, sagte Kapitän Flick. »Küchen*junge*?«

Klara nickte mehrmals und dabei spürte sie es. Etwas baumelte. Frei und unbehindert. Um ihren Kopf herum.

Das war auch kein Wunder, denn die weiße Mütze, unter der sie ihre strohblonden, zu zwei dicken Zöpfen geflochtenen Haare verborgen hatte, lag vor ihr auf dem Boden. Als sie sich hochgerappelt hatte, war sie ihr vom Kopf gerutscht und runtergefallen.

»Es scheint mir, als hätten wir unseren blinden Passagier schon gefunden«, sagte der Kapitän.

Berliner Lokal-Anzeiger

8. Oktober 1927

Ehefrau verschwunden! Wurde der Kunstmaler Siebenstein von seiner Gattin erschossen?

von Billy Barrakuda

Wie aus ungewöhnlich gut informierten Kreisen verlautete, ist die Tänzerin und Schauspielerin Anita Berber im Polizeipräsidium am Alexanderplatz vorstellig geworden, um eine Anzeige zu erstatten. Nach Aussage von Fräulein Berber wurde sie betäubt und verschleppt. Die Künstlerin sei dann gefesselt in einem Bootshaus am Karpfenteich im Treptower Park aufgetaucht. Bezeugen konnte dieses Vorkommnis jedoch niemand. Tatsächlich wartete Anita Berber in der Vergangenheit einige Male mit fantasievollen Geschichten auf, die fatale Ähnlichkeit mit den Storys in Groschenromanen hatten. Fräulein Berber ist für einen ausschweifenden Lebenswandel und den übermäßigen Genuss von Alkohol bekannt und hatte deshalb schon des Öfteren Ärger mit der Polizei.

Sie gab zu Protokoll, dass man ihr das Billett für die Fahrt mit dem Luftschiff *Isabella* entwendet habe. Ihr Verdacht richtet sich ge-

Berliner Lokal-Anzeiger

8. Oktober 1927

gen die Garderobiere Therese Siebenstein, die ihrerseits nun verschwunden sei. »Das hinterhältige Biest« habe ihren Gatten, den Kunstmaler Rudolf Siebenstein, aus Eifersucht »abgemurkst«, wie sich Fräulein Berber mit eindringlichem Mienenspiel ausdrückte.

Wie die Mordkommission unter Leitung von Heinrich Trettoff bereits ermittelt hat, gab es zwischen Frau Siebenstein und ihrem Mann häufig lautstarken Streit. Eine Nachbarin sagte aus, dass es aber immer wieder sehr schnell zu ebenso lautstarken Versöhnungen gekommen sei. Von Handgreiflichkeiten wusste sie nichts. Besagte Nachbarin berichtete jedoch von einer Schusswaffe, mit der Rudolf Siebenstein gelegentlich auf die Ratten im Hinterhof geschossen habe. Von der Pistole fand sich in der Wohnung und im Atelier des Kunstmalers allerdings keine Spur.

14. KAPITEL,

in dem zu viel geknutscht wird

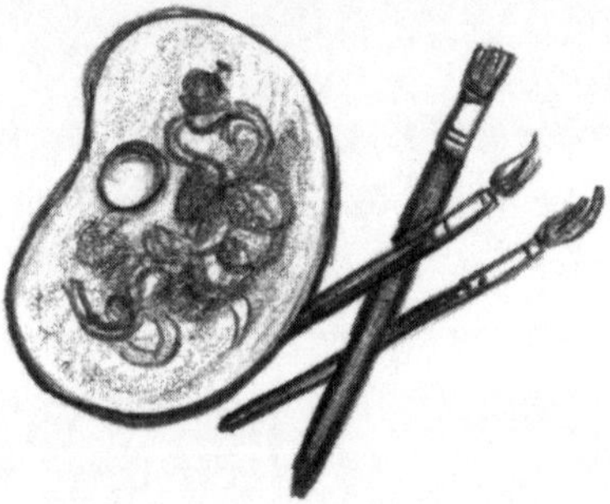

»Kann ick der gnädijen Madame irjendwie behilflich sein?«, bot Paule Madame Fatale an. Zu gerne hätte er dabei zugesehen, was Madame da anstellte, und noch lieber hätte er einen Blick ins Innere des Kastens geworfen. »Ick kenn mir mit die Technik nämlich bestens aus.«

»Ich kenne *mich* mit *der* Technik aus«, murmelte Lina.

»Vielen Dank für dein Angebot, Paule, aber es geht schon.« Madame Fatale fiel auf Paules Versuch leider nicht herein. Sie bestand sogar darauf, dass Lina, Paule und Otto sich zur Tür drehten, während sie selbst mit den Falschgeldplatten und dem schwarzen Kasten herumhantierte.

Paule war fest davon überzeugt, dass Madame Fatales wundersame Attraktionen, bei denen es scheinbar nicht mit rechten Dingen zuging, letztendlich mit ganz handfesten Tricks und Kniffen zu erklären waren. An Zauberei und all den Hokuspokus glaubte er nicht, auch wenn Madame und ihre Artisten gelegentlich die unglaublichsten Nummern in der »Schwarzen Katze« vorgeführt hatten. Am Ende gab es immer einen doppelten Boden, einen falschen Spiegel oder einen Seilzug. Eines Tages würde er es ihr auch beweisen können, davon war Paule fest überzeugt.

Als er sich nun jedoch auf die Aufforderung von Madame Fatale umdrehte und sah, was der Kasten hervorgezaubert hatte, begann er doch zu zweifeln.

Sie befanden sich nicht mehr in der engen Kabine neunzehn des Luftschiffs und auch nicht im Büro von Madame Fatale in ihrem Varieté: Ein großer, heller Raum tat sich vor ihren Augen auf. Dort wo eben noch das Bett und die Wand der Kabine zu sehen gewesen waren, erstreckten sich nun deckenhohe Fenster, durch die blendend helles Sonnenlicht fiel.

Es war unverkennbar das Atelier eines Künstlers.

An den Wänden hingen Bilder bis unter die Decke, Leinwände standen herum, auf einem runden Rollwagen stapelten sich Tuben mit Ölfarben, schmutzige Lappen lagen herum, mehrere Gläser, aus denen Pinsel staken. Neben einer mit einem Bettlaken verhüllten Staffelei lag auf einem Beistelltisch eine Palette mit bereits angerührten Farben. Überall standen überquellende Aschenbecher, hier und da auch leere Flaschen und Gläser mit Lippenstifträndern herum.

Seltsamerweise waren jedoch keine Farben zu erkennen, alles war nur in Schwarz-Weiß mit einem leichten Grünstich zu sehen.

»Ich sagte ja, es gibt noch Probleme«, seufzte Madame Fatale. Sie trat in das Bild hinein, es zuckte und flimmerte, als sie mit dem Fingerknöchel auf den schwarzen Kasten klopfte. Für einen Wimpernschlag flammte alles in seiner natürlichen Farbgebung auf, dann aber fiel es zurück in Schwarz-Weiß. »Nun ja, warum sollten wir schneller als die Leute vom Kino sein«, sagte Madame Fatale, »die müssen sich auch noch mit dem Schwarz-Weiß-Film begnügen.«

Paule merkte Madame Fatale an, dass es sie wurmte.

Plötzlich trat jemand in den Raum.

Lina, die neben der Tür stand, wollte aufgeregt zur Seite springen, aber die Gestalt ging einfach auf sie zu und dann schnurstracks durch sie hindurch. Es war ein Mann in einem Arbeitskittel, der mit schnellen Schritten zu einem Arbeitstisch an der Wand lief. Dort setzte er sich, wobei er den Schatten und Madame Fatale den Rücken zuwandte. Er holte eine Lupe aus der Tasche und klemmte sie sich ins Auge. Dann beugte er sich über einen Gegenstand auf dem Tisch und betrachtete ihn ausgiebig. Bis er sich plötzlich erschreckt umdrehte.

Jetzt erkannte Paule ihn. »Rudi Siebenstein«, rief er aus.

»Scht!«, ermahnte Otto ihn, und auch Lina legte den Zeigefinger auf die Lippen.

»Der liebe Jott hab ihn selig«, flüsterte Paule.

Rudi Siebenstein, der Kunstmaler und Fälscher, wie er leibte und lebte! Dabei war er doch eigentlich mausetot, hinüber, erschossen!

Paule schaute zu dem schwarzen Kasten. Madame Fatale fing seinen Blick auf und Paule sah die Zufriedenheit in ihren Augen. Ein wenig stand darin auch geschrieben: Na, Paule Kowalski, mach das erst mal nach!

»Wat kiekt der denn so?«, fragte Paule. Er drehte sich um

und blickte jetzt in die gleiche Richtung wie Siebenstein, aber hinter ihm war nichts als die Kabinentür zu sehen.

»Starrt er uns an?«, flüsterte Lina mit bebender Stimme.

»Aber nein, der kann uns nicht sehen«, sagte Madame Fatale. »Außerdem ist er tot«, hängte sie noch ungerührt an.

»Vielleicht seinen Mörder …«, sagte Otto.

»Das kann schon eher sein, wir werden es gleich sehen«, sagte Madame Fatale, denn nun trat eine Besucherin ins Atelier und Rudi Siebensteins angstvoller Blick verwandelte sich in ein strahlendes Lächeln.

»Wer bist du denn?«, murmelte Paule. »Dreh dir doch ma um.« Aber natürlich hörte die Frau nicht auf ihn, sondern stöckelte hinüber zu Siebenstein, der die Lupe aus dem Auge riss und entzückt die Arme ausbreitete.

Die Frau warf eine Ausgabe des *Berliner Lokal-Anzeigers* auf einen Stuhl und ihre Handtasche auf den Rollwagen, wo ein paar Farbtuben ins Rutschen kamen, aber weder Rudi Siebenstein noch sie selbst schien das zu stören, denn er schloss die Dame nun in seine Arme und bedeckte ihr Gesicht mit schmatzenden Küssen.

»Wie 'n Mordversuch sieht dit eher nich aus«, sagte Paule. »Obwohl. Wenn mir eener so küssen würde …«

»Mich«, korrigierte Lina unwillkürlich. »Und der Mord kann es gar nicht sein. Ist ja viel zu früh dafür.«

»Watt is zu früh?«

»Für den Mord ist es noch viel zu früh.«

»Woher willst du das denn wissen?« Otto schaute sie erstaunt an.

»Ganz einfach: Links auf dem Arbeitstisch steht ein Abreißkalender. Welches Datum siehst du da?«, fragte Lina.

»29. September«, sagte Otto. »Ein paar Tage vor dem Start der *Isabella.* Aber das muss nichts bedeuten. Vielleicht hat er einfach nur vergessen, ein paar Zettel abzureißen.«

»Könnte sein, aber schau mal auf die Zeitung, die die Frau mitgebracht hat.«

Otto druckste ein bisschen herum. Paule wäre ihm gerne zu Hilfe gekommen, aber er konnte genauso wenig lesen wie Otto.

Lina seufzte laut, dann las sie selbst vor: »Luftschiff *Isabella* startet zum ersten Flug über den Atlantik!« stand dort in großen Buchstaben.

»Menschenskind, die Puppe kenn ick!«, rief Paule dazwischen.

Die beiden Personen hatten nämlich zu Ende geknutscht und lösten sich voneinander. Nun war endlich das Gesicht der Frau zu erkennen.

»Die Baronin von Laske«, sagte Madame Fatale. »Ich habe gestern noch hier an Bord mit ihr zu Abend gegessen. Sie hat ihren Platz im Salon am selben Tisch wie Horatio und ich, wahrscheinlich schlürft sie gerade einen leckeren Kaffee, den ich jetzt übrigens auch sehr gerne hätte. Ihre Tischmanieren lassen leider etwas zu wünschen übrig.«

»Aber sie sieht hier gar nicht aus wie eine Baronin«, sagte Lina.

»Stimmt, Schwestachen, wie eene von und zu sieht se nich aus. Mehr wie Käthe vonne Kurzwarenabteilung von dit Kaufhaus anner Tauentzienstraße.«

Madame Fatale stimmte ihm zu. »Eindeutig eine Verwandlung, aber kein Zweifel, sie ist es. Es sieht jedoch nicht danach aus, dass sie ihm gleich die Gurgel umdrehen oder eine Kugel ins Herz schießen will.«

Rudi Siebenstein ging zum Tisch und zeigte der Frau, woran er gearbeitet hatte.

»Da! Die Falschgeldplatten«, sagte Otto.

Siebenstein polierte noch einmal darüber und präsentierte sie stolz. Als er die Druckplatten berührte, flimmerte das Bild wieder. Die Frau bewunderte die Platten ausgiebig, fasste mit beiden Händen Siebensteins Kopf und wieder ging die Knutscherei los.

»Du liebe Jüte, jetz is aber jenuch mit dit Jeschlabber!«, stöhnte Paule, und wie auf sein Kommando beendete die Frau den Kuss, als eine weitere Person in das Atelier trat.

»Janz schön viel Verkehr in die Bude«, sagte Paule. »Wer is 'n ditte?«

Madame Fatale seufzte. »Das kann ich dir sagen. Eine sehr anstrengende Person ist das: Fräulein Anita Berber.«

»Die Nackttänzerin?«, fragte Lina.

»Ja, genau die. Sie wollte früher einmal in der ›Schwarzen Katze‹ auftreten, aber das habe ich natürlich abgelehnt. Wir sind ein ehrenwertes Haus …«, Madame Fatale stockte, »… wir *waren* ein ehrenwertes Haus.«

»Da schaut her«, sagte Otto.

»Ich rieche Ärger«, sagte Madame Fatale.

Die Nackttänzerin stolzierte durch den Raum, zog das Tuch von dem Bild auf der Staffelei, auf dem sie selbst zu sehen war. Splitterfasernackt, nur mit einer Federboa bekleidet. Beim Anblick klatschte sie begeistert in die Hände.

»Otto, Paule! Augen zu!«, befahl Madame Fatale, aber beide gehorchten ihr nicht.

Die angebliche Baronin, die gerade noch Rudi Siebenstein abgeknutscht hatte, verzerrte von einer Sekunde auf die andere das Gesicht zu einer wütenden Fratze. Sie schrie den Maler an, dann griff sie sich einen Spachtel oder ein Messer, so genau konnte Paule das in der Hektik des Geschehens nicht erkennen. Dann stach sie auf das Gemälde ein und zerfetzte es.

Bevor sie auf die Nackttänzerin losgehen konnte, warf diese die Arme in die Höhe und lief kreischend durch den Raum; sie kam direkt auf Otto und Paule zu, fast wäre Paule zur Seite gesprungen, aber das Fräulein verschwand einfach aus dem Bild.

Die falsche Baronin schrie und zeterte, ohne dass man irgendetwas hören konnte. Währenddessen ging sie zum Arbeitstisch. Rudi Siebenstein redete auf sie ein, aber sie war nicht zu beruhigen. Sie ergriff eine der Falschgeldplatten und warf sie voller Zorn auf den Boden …

Im selben Augenblick begann das Bild heftig zu flackern, dann verschwand es.

Paule, Lina und Otto standen wieder in der Kabine neunzehn der *Isabella.* Madame Fatale bückte sich und hob die Falschgeldplatte, die auf den Kabinenboden gefallen war, auf.

»Höchst interessant«, murmelte sie gleich drei Mal. »Das ist noch nie passiert. Der Gegenstand hat sich bewegt. Die holografische Illusion kann mehr, als ich dachte.«

»Und die falsche Baronin auch«, sagte Otto.

»Gut, dass sie keinen Revolver zur Hand hatte«, sagte Lina.

»Allet schön und jut.« Paule verschränkte die Arme vor der Brust. »Mit unsarem Horatsio Sauerkraut sind wa aba keenen Schritt weiter.«

In diesem Augenblick pochte jemand zweimal an die Tür und riss sie auch schon auf, ohne auf eine Antwort zu warten.

»Liebe Madame, Sie müssen auf der Stelle in den Salon kommen«, platzte der Eindringling heraus: Horatio W. Sourcrowd stand in der Tür. In seinem Hemdkragen steckte noch die Serviette, in der linken Hand hielt er eine silberne Gabel.

»Horatio, ich muss doch sehr bitten. Einfach so in das Schlafgemach einer Dame einzudringen!«, tadelte Madame Fatale den kleinen dicken Mann, der erstaunt Madames Besucher erblickte.

Sourcrowd bekam kaum Luft, mit Mühe stieß er hervor: »Der Kapitän hat little Klara geschnappt!«

»Du liebe Zeit!«, schimpfte Otto. »Wenn man sie einmal allein lässt, gerät sie prompt in Schwierigkeiten.«

»Wir müssen ihr helfen!«

Paule schnappte sich die Falschgeldplatten und schob Lina in den Flur.

15. KAPITEL.

in dem einige schweigen und andere zu viel sagen

Die Menschen im Salon beachteten sie gar nicht, nur die kleine Amy schaute Lina erstaunt an und erkannte das Kleid und das Jäckchen, das Lina trug. Auf dem Stuhl neben ihr saß die Puppe, die Otto gefunden hatte. Amy hob schon dazu an, etwas zu der Kinderfrau zu sagen, als sie jedoch Otto erkannte, huschte ein Lächeln über ihr Gesicht und sie schwieg.

Lina erfasste das Unglück mit einem Blick: Da stand Klara. Ohne ihre Kochmütze, die blonden Zöpfe fielen auf ihre Schultern. Ein Offizier hielt sie fest, der Kapitän hatte die Arme in die Hüften gestemmt und schüttelte den Kopf, rundherum standen die Passagiere und schauten teils ängstlich, teils neugierig oder einfach nur erstaunt.

Klara war aufgeflogen.

»Nun red endlich! Wo ist die Waffe?«, fragte Kapitän Flick mit erhobener Stimme. »Hast du sie an Bord meines Luftschiffs gebracht?«

Statt eine Antwort zu geben, verschränkte Klara die Arme vor der Brust, schob ihre Unterlippe noch einen Millimeter nach vorne und schaute grimmig drein.

Trotz ihrer Panik musste Lina lächeln. So bekam man nichts aus Klara heraus. Wahrscheinlich hatte der Kapitän die Frage schon zwanzigmal gestellt und Klara die Lippen jedes Mal nur noch fester zusammengepresst.

Madame Fatale, die den Kindern gefolgt war, guckte noch etwas strenger als sonst schon und fragte: »Was geht denn hier vor?«

»Wir haben unseren blinden Passagier, und ich wette eins zu hundert, dass wir auch die gesuchte Mörderin haben. Ein Küchenjunge ist sie auf jeden Fall nicht«, antwortete Kapitän Flick.

Lina kapierte sofort, was hier vorging. Der Kapitän glaubte nicht nur, einen blinden Passagier gefangen zu haben. Er verdächtigte Klara sogar, dass sie etwas mit dem Mord an Rudi Siebenstein zu tun hatte.

»Kein Zweifel, ein Junge ist sie nicht.« Madame Fatale gönnte sich ein spöttisches Lächeln, sprach dann aber mit einem Schmeicheln in der Stimme weiter. »Lieber Kapitän Flick, Sie sind ohne jeden Zweifel der beste Luftschiff-Kommandant, den wir uns wünschen können. Niemand würde die *Isabella* mitsamt ihren Passagieren und allem Drum und Dran sicherer und schneller nach New York bringen als Sie.«

Die Schmeicheleien erreichten ihr Ziel. Der Kapitän schaute schon ein wenig sanftmütiger in die Runde. Da auch andere Fluggäste nickten und ein zustimmendes Murmeln erklang, hob der Gelobte bescheiden die Hände.

»Nun ja, das ist meine Aufgabe«, wehrte er ab.

»Als Kriminalist sind Sie jedoch äußerst miserabel.« Madame Fatale lächelte ihn unverändert an.

Das Lächeln in Kapitän Flicks Gesicht erlosch.

»Eine Mörderin? Mit Verlaub, Herr Kapitän, das ist doch Unsinn! Das ist ja noch ein Kind und außerdem kenne ich sie.«

»Aber warum gibt sie sich dann als Küchenjunge aus?«, fragte der Kapitän.

Lina starrte Hänschen eindringlich an. *Nun mach schon!*, formten ihre Lippen lautlos.

Hänschen hatte die ganze Zeit mit betretener Miene dagestanden und auf seiner Unterlippe gekaut. Zaghaft hob er den Zeigefinger: »Herr Kapitän …«

»Jetzt nicht!«, unterbrach ihn der Kapitän.

»Mister Kapitän, das können wir doch sicher irgendwie regeln«, mischte sich Horatio W. Sourcrowd ein und zog schon wieder seinen Packen Dollarscheine hervor.

»Wollen Sie mich bestechen?«, blaffte Kapitän Flick.

»Aber nein, wo denken Sie hin«, beschwichtigte ihn Sourcrowd. »Ich will nur ein Billett für dieses Mädchen kaufen, dann ist doch alles gut.«

»Klara ist keine Mörderin!«, rief Lina.

Sie drängelte sich nach vorne. Otto wollte sie noch zurückhalten, schaffte es aber nicht. Paule und er folgten ihr.

»Und sie hat ooch keene Waffe«, sagte Paule.

Kapitän Flick schüttelte den Kopf und brüllte dann: »Was ist das denn hier für ein Affenzirkus? Wer seid ihr denn? Wo kommt ihr her? Wer hat euch reingelassen? Hier geht es ja zu wie auf dem Potsdamer Platz …«

»Wir haben 'n kleenet Fundstück. Jemand wollte 'n Schmuggelschiff aus ihrer *Isabella* machen.«

»Und hier gibt es noch ganz andere Leute, die nicht sind, was sie zu sein scheinen«, fügte Otto hinzu.

Paule breitete die Falschgeldplatten auf einem der Frühstückstische aus. Jetzt war die Sache raus. Lina, Paule und Otto schauten sich an. In ihren Augen stand es geschrieben: Nun hatten sie die Mafia am Hals. Und die Polizei von Berlin. Und wahrscheinlich auch die von New York.

»'n Päckchen, womit unsaeener janz schnell janz schick reich werden könnte.«

»Oder so tot wie Rudi Siebenstein«, fügte Otto hinzu.

Eine Frau schrie auf. Alle drehten sich zu ihr um. Es war die Baronin von Laske, die die ganze Zeit still an ihrem Tisch sitzen geblieben war. Aber jetzt stand sie da, hatte die Arme in die Luft geworfen und fragte: »Was redest du da, Junge? Rudi? Siebenstein? Was ist mit ihm?«

Kapitän Flick räusperte sich. »Ja, das Opfer des Mordanschlags in Berlin ist ein gewisser Rudolf Siebenstein. Er wurde erschossen.«

Die Frau wurde kreidebleich. Sie sackte in die Knie, hielt sich gerade noch an der Tischkante fest. Ein Steward eilte ihr zu Hilfe. Sie atmete heftig, warf den Kopf in den Nacken, wie es die Schauspielerin Gina Ginelli in ihren Filmen tat. Allerdings sah Lina sofort, dass die Verzweiflung der Baronin nicht gespielt war.

»Mein Rudi, mein Rudi!«, jammerte die Baronin. »Alles wegen dieser verdammten Dinger.« Sie brach auf dem Stuhl zusammen und schluchzte jämmerlich.

»Liebste Frau Baronin, was soll das heißen?«, fragte der Kapitän. Er reichte ihr sein Taschentuch.

»Ach hören Sie doch auf. Baronin! Ich bin ja gar keine Baronin. Ich bin doch Rudis Resi und ich war ganz und gar gegen diese Idee!«

»Resi?« Der Kapitän schaute zuerst ratlos in die Runde der vielen Menschen im Salon, dann hellte sich seine Miene auf. »Therese. Therese Siebenstein«, sagte er. »Die Gattin von Rudolf Siebenstein.«

»Na, jetzt wohl die Witwe von Rudolf Siebenstein«, sagte Madame Fatale, worauf die falsche Baronin wieder in Tränen ausbrach.

Nur nach und nach war aus ihr herauszukriegen, was passiert war, jedenfalls wenn man ihren Worten glauben wollte. Ihr Mann Rudi hatte sich mit der amerikanischen Mafia eingelassen, ein Vermögen wollten sie ihm zahlen, wenn er ihnen half, die besten Dollars zu drucken, die es gab. Echter als die echten sollten sie sein.

»Und mein Rudi kann das, ich garantiere es Ihnen, er ist der Beste ... war der Beste ...« Und wieder öffneten sich die Schleusen in Therese Siebensteins Augen. Tränen strömten über ihr Gesicht. Sie sah nun aus wie ein Geisterwesen, denn die Schminke ihrer kohlschwarz umrandeten Augen verlief und vermischte sich mit dem Puder auf ihren Wangen.

»Ich sollte die Falschgeldplatten unter falschem Namen durch den Zoll schmuggeln. Rudi hatte mir einen wunderbaren neuen Reisepass hergestellt. In New York sollte ich Rudis Lohn kassieren und dann unter meinem richtigen Namen auf dem nächsten Dampfer wieder zurückfahren. Bei einer Baronin würden die Zollbeamten nicht so genau hingucken und es hat ja auch geklappt. In meinen Pelzmuff hat niemand geschaut. Ach, ich wollte so gerne einmal eine Baronin sein, wissen Sie ...«

Der Kapitän verlor langsam die Geduld. »Und wem sollten Sie das Päckchen geben?«

»Das weiß ich doch nicht. Jemand würde es während der Reise abholen, hat Rudi gesagt. Er würde dreimal kurz und dreimal lang an meine Kabine klopfen. Dann sollte ich nur die Hand mit dem Päckchen herausstrecken und auf keinen Fall gucken. Aber an Bord habe ich ein Gespräch der Stewards belauscht und gehört, dass das ganze Luftschiff durchsucht wird, weil ein blinder Passagier an Bord sei. Ich wollte auf Nummer sicher gehen und habe das Päckchen im Frachtraum versteckt. In dem Automobil.«

»Was? In meinem Daimler?« Horatio W. Sourcrowd sprang auf. »Das ist ja unerhört.«

Lina beobachtete ihn ganz genau. Otto warf ihr einen fragenden Blick zu, aber sie zuckte nur mit den Achseln. Sie war sich noch nicht sicher, ob er wirklich nichts mit der Sache zu tun hatte.

Der Kapitän schüttelte ratlos den Kopf. »Baronin hin oder her«, sagte er. »Sie werden verstehen, dass ich Sie in Gewahrsam nehmen muss.«

»Ich bin unschuldig«, kreischte Therese Siebenstein.

»Das werden wir sehen. In New York soll sich die dortige Polizei ausführlich mit Ihnen beschäftigen und hiermit auch.« Er nahm das Päckchen mit den Falschgeldplatten an sich. »Ich bin schließlich Kapitän eines stolzen Luftschiffs und kein Kommissar.«

Plötzlich wurde Lina von hinten gestoßen. Sie stürzte fast zu Boden, aber jemand packte sie und presste einen Arm um ihren Oberkörper.

An ihrer Schläfe spürte sie etwas Kühles. Um sie herum gellten angstvolle Schreie. Paule starrte sie mit weit aufgerissenen Augen an. Die pure Angst stand darin geschrieben.

Lina zappelte und versuchte sich zu befreien. Warum eilten ihr die anderen Schatten nicht zu Hilfe?, fragte sie sich. Sie wichen jedoch zurück und hoben nur beschwichtigend die Arme.

»Keiner rührt sich von der Stelle oder die Kleine ist hinüber!«, sagte die Person und drückte das Kühle fester an Linas Stirn.

Jetzt begriff sie, dass gerade jemand einen Revolver an ihren Kopf hielt.

Augenblicklich verstummten alle im Salon. Nur die falsche Baronin schluchzte und stieß hier und da noch ein wimmerndes »Oh Rudi!« hervor. Lina schaute in lauter entsetzte Gesichter.

16. KAPITEL,

in dem es ein paar Leuten an den Kragen geht

In Ottos Kopf purzelten für einen kurzen Augenblick die Gedanken durcheinander.

Ruhe bewahren, ermahnte er sich selbst. Du darfst jetzt nicht die Nerven verlieren. Lina war in Gefahr. Sie alle waren in Gefahr. Sämtliche Informationen, alles, was er sah und wusste, sortieren und dann einen Plan schmieden – darum ging es jetzt.

Der Revolver befand sich in der Hand der Dame mit dem Fledermaushündchen. Sie hatte die Waffe aus ihrer Krokodilleder-Handtasche gezogen und hielt Lina fest im Griff, den Lauf der Mündung drückte sie an ihre Schläfe.

Die Passagiere der *Isabella* waren zurückgewichen und bildeten einen Kreis um den Tisch des Salons, auf dem die Druckplatten für das Falschgeld lagen.

»Keiner verlässt diesen Raum«, zischte die Frau.

Einige der Passagiere sanken auf ihre Stühle. Die amerikanischen Kinder drängten sich um ihre Kinderfrau. Amy warf Otto ängstliche Blicke zu. Madame Fatale verzog keine Miene, während ihr Begleiter Horatio nervös die Dollarscheine zerknüllte.

»Stecken Sie das Geld weg«, raunte Madame Fatale ihm zu. »Dollars helfen jetzt auch nicht. Fräulein Weiterscheit-Treidelstein druckt sich bald eigene Scheinchen. Selbst ist die Frau. Das nennt man Emanzipation, das wird in ein paar Jahrzehnten sehr modern. Frauen kommen dann in allen Berufen groß raus.«

Klara knetete die Kochmütze in den Händen. Sie fand Ottos Blick und hob die Brauen. Was sollen wir tun?, signalisierten ihre Augen.

»Gnädige Dame«, erhob Kapitän Flick nun mit aller Vorsicht die Stimme. »Es liegt nicht in meiner Absicht, Ihnen zu nahe zu treten, aber wenn Sie diese Waffe abfeuern, wird nicht nur das Mädchen *hinüber* sein, wie Sie es auszudrücken belieben, sondern der Rest der hier anwesenden Herrschaften ebenso. Und die gnädige Dame selbst natürlich auch.«

»Du kannst dir das Gesäusel sparen«, blaffte Fräulein Weiterscheit-Treidelstein. »Wenn ich diese Dinger da«, sie fuchtelte kurz mit der Waffe zum Tisch hinüber, auf dem die Druckplatten lagen, »wenn ich die nicht ordnungsgemäß in New York abliefere, dann bin ich ohnehin hinüber, mausetot, wie dieser Siebenstein.«

Die falsche Baronin jaulte bei dem Namen auf.

»Schnauze!«, befahl die Frau. Wieder fuchtelte sie mit der Waffe und richtete sie auf die Tür, als diese sich öffnete und der Funker des Luftschiffs eintrat und salutierte.

»Eine dringende Schlechtwetterwarnung«, meldete er dem Kapitän. »Wir stecken schon fast drin.« Er kapierte nicht sofort, was vor sich ging, bis er die Waffe sah. »Äh, hier … äh …«, stotterte er weiter, »… hier hat sich wohl auch was zusammengebraut …«

»Da rüber, alle da rüber in die Ecke.«

»Ich muss doch sehr bitten«, erwiderte Kapitän Flick. »Das ist mein Luftschiff!« Er unterbrach sich, als das Geschirr auf den Tischen laut zu klirren begann. Der Zeppelin sackte ein wenig ab, einige Passagiere griffen nach Stuhllehnen oder dem Arm ihrer Mitreisenden.

»Wir stürzen ab«, kreischte jemand.

»So schnell stürzt ein Luftschiff, das ich führe, nicht ab«, erwiderte der Kapitän. »Ich werde im Steuerraum gebraucht.« Er machte einen Schritt auf die Tür zu.

»Das könnte dir so passen, schnell einen Funkspruch ablassen, und dann erwartet uns eine Hundertschaft der Polizei bei der Landung?!« Jetzt richtete Fräulein Weiterscheit-Treidelstein den Revolver mit ausgestrecktem Arm auf den Kapitän. Mit dem Daumen legte sie den Hahn nach hinten und spannte das Schießeisen. »Weg von der Tür!«

Der Kapitän zuckte zurück.

Ich muss näher an sie heran, überlegte Otto. Sobald sie das nächste Mal mit dem Ding herumfuchtelte, musste er die Chance nutzen. Er war sich ziemlich sicher, dass sie den Revolver nicht abfeuern würde. Obwohl … Die Verzweiflung in ihrer Stimme hatte sehr echt geklungen.

Otto schaute zu Klara hinüber. Als sie seinen Blick aufgefangen hatte, rollte er ganz langsam mit den Augen, kaum merklich nickte er zu der Frau, die immer noch die leichenblasse Lina an sich presste.

Klara nickte zurück.

In wirklich brenzligen Situationen verstanden die Schatten sich ohne viele Worte. Ein eingespieltes Team waren sie, auch wenn Otto und Klara sich sonst bei jeder Gelegenheit darum stritten, wer der Boss der Bande war.

»Sie dürfen Lina nichts tun«, sagte Klara.

Jetzt schaute Fräulein Weiterscheit-Treidelstein zu Klara hinüber. Das war gut. Otto gab Paule ein Zeichen, sich nicht von der Stelle zu rühren. Er musste die Tür absichern, falls etwas schiefging. Paule zitterte vor Sorge um seine Schwester. Schweißperlen standen auf seiner Stirn, aber Otto wusste, dass er sich auch auf ihn verlassen konnte.

»Außerdem sind wir die berühmte Schattenbande, die Meisterdiebe«, hörte Otto Klara sagen. »Wir können Ihnen helfen, wenn sie uns von dieser blöden *Isabella* herunterbringen.«

Jetzt trägt sie aber ein bisschen dick auf, dachte Otto. Sie musste doch nicht jedem auf die Nase binden, womit die Schatten ihren Lebensunterhalt bestritten. Schließlich waren sie immer noch blinde Passagiere auf einem Luftschiff.

Aber Klara erreichte, was sie wollte.

Fräulein Weiterscheit-Treidelstein stutzte und blickte zu ihr, während Otto Millimeter für Millimeter vorwärts rückte. Als der Zeppelin wieder einen kleinen Satz in einer Windböe machte, stolperte Otto weiter vor, als es nötig gewesen wäre.

»Was soll ich mit einer Rasselbande von Berliner Gören?«, fragte Fräulein Weiterscheit-Treidelstein barsch. Dann wandte sie sich an den Kapitän. Otto blieb sofort stocksteif stehen. »Sie landen auf der Stelle diese blöde fliegende Riesenzigarre auf dem nächstbesten Kartoffelacker und lassen mich raus.«

Kapitän Flick räusperte sich. »Ich darf die Gnädigste darauf aufmerksam machen, dass das nicht möglich ist«, sagte er mit einem Lächeln, das die Frau nur noch wütender machte.

»Dann mach es gefälligst möglich«, blaffte sie.

»Vielleicht werfen Sie einmal einen Blick nach draußen?«, schlug Kapitän Flick vor.

Die Frau zerrte Lina zu einem der Fenster.

»Mist«, entfuhr es Otto leise. Jetzt waren sie und Lina wieder außerhalb seiner Reichweite. Allerdings sah er nun, dass sich unter dem Tisch direkt neben der Frau etwas rührte. Es war das amerikanische Mädchen, Amy, deren Puppe er gefunden hatte. Was tat sie da?

»Wasser?«, fragte Fräulein Weiterscheit-Treidelstein überrascht. »Da ist ja nur Wasser. Was soll das denn, ich dachte, wir erreichen den Atlantik erst viel später!«

Das stimmte. So weit man schauen konnte, war nur eine riesige, vom Wind gepeitschte blau und silbern schimmernde Fläche zu sehen. Die Wellen überschlugen sich. Ein Blitz zuckte vom Himmel herab in die See. Fräulein Weiterscheit-Treidelstein fuhr kurz zusammen, hatte sich dann aber sofort wieder im Griff.

»Sehen Sie? Der schöne weite Ozean«, antwortete Kapitän Flick. »Wir befinden uns über dem Atlantik. Schon heute Nacht haben wir den Kurs geändert, weil wir die Hoffnung hatten, der Wetterfront zu entgehen. Das hat aber leider nicht geklappt, wir werden wohl ordentlich durchgeschüttelt werden.«

Wie auf Kommando bestätigte ein heftiger Stoß die Worte des Kapitäns. Jetzt klirrte das Geschirr nicht nur, sondern es landete mit Schwung auf dem Boden. Eine Teekanne kullerte quer durch den Raum.

Sogar Madame Fatale, die wie üblich die ganze Szene kerzengerade und ungerührt beobachtet hatte, geriet ins Wanken und landete in den Armen von Horatio W. Sourcrowd. Dessen Geldscheine segelten umher, aber dafür interessierte sich gerade niemand.

Auch Lina hatte sich bisher erstaunlich ruhig gehalten, nicht ein einziges Haar stand in die Höhe. Jetzt jedoch stellte sich eins nach dem anderen auf. Die Spitzen stachen in die Nasenlöcher der Frau.

Sie zuckte mit den Nasenflügeln, schürzte die Lippen, kämpfte gegen das Kitzeln, aber der Juckreiz ließ sich nicht beherrschen.

»Ha … Ha … Haaa … Haaaaaaatschi«, donnerte es durch den Salon.

Dann ging alles ganz schnell.

Als habe der Nieser das Luftschiff endgültig aus dem Gleichgewicht gebracht, kippte alles nach vorne zum Bug des Zeppelins. Draußen blitzte es, kurz darauf krachte der Donner. Otto stieß einen Stuhl zur Seite und stürzte nach vorne, hin zu Lina und der Frau.

Blitze, Donner, gellende Schreie, zerberstendes Porzellan und die lauten Befehle des Kapitäns mischten sich zu einem lärmenden Getümmel.

»Wir stürzen ab!«, schrie jemand.

»Meine Brille, meine Brille ist weg!«, rief ein anderer.

»Wo sind die Schwimmwesten?«, wollte eine Dame wissen und ein Herr schickte lauthals ein Stoßgebet zum Himmel.

Otto bewahrte die Ruhe.

Endlich stand er neben Fräulein Weiterscheit-Treidelstein, die zwar einen Nieser nach dem anderen ausstieß, sich aber immer noch an Lina und der Waffe festklammerte.

Otto sah, wie die kleine Amy aufsprang. Sie hielt ihre Puppe an den Beinen, holte aus und versetzte der Frau einen heftigen Schlag in den Rücken.

»Treffer«, jubelte Otto.

Amy strahlte ihn an und schlug ein zweites Mal zu. Die Frau

kippte nach vorne, sodass Otto mit einem festen Griff ihr Handgelenk umfassen konnte, die andere Hand fischte nach dem Revolver.

»Gleich habe ich ihn«, rief Otto und riss den Arm der Dame nach oben.

Lina reagierte sofort, beugte sich nach vorne, biss der Frau in die andere Hand und trat gleichzeitig nach hinten. Amy hatte nun Spaß an der Sache gefunden und holte ein weiteres Mal aus, wobei jedoch das Bein der Puppe abriss.

»Auuuuuaaaaa!«, jaulte Fräulein Weiterscheit-Treidelstein auf, sie öffnete die Hand und der Revolver sauste mit Schwung durch die Luft.

Klara versuchte, danach zu greifen, erwischte die Waffe aber nicht. Der Revolver zischte an ihr vorbei, quer durch den Salon und landete in den Händen der falschen Baronin. Die kreischte laut auf, erst dann wurde ihr bewusst, dass sie das Schießeisen in den Fingern hielt. Entsetzt verdrehte sie die Augen, die Waffe rutschte ihr aus der Hand, sie griff unwillkürlich danach und dabei passierte es.

Die falsche Baronin hatte den Abzug erwischt.

Aus dem Lauf des Revolvers blitzte ein Feuerschein. Ein Knall übertönte das ganze Tohuwabohu im Salon. Die Kugel knallte durch die Decke des Salons.

»Heiliges Kanonenrohr!«, stieß der Kapitän hervor. »Das Gas!«

Otto erinnerte sich, was Paule über das Luftschiff gesagt hatte. Es wurde von Unmengen Wasserstoff in den großen Traggaszellen in der Luft gehalten. Und Wasserstoff konnte schon von einem Funken zur Explosion gebracht werden.

EXTRABLATT

Berliner Lokal-Anzeiger

8. Oktober 1927

Luftschiff verschollen?

von Billy Barrakuda

Wie Dr. Hubert Zeckenbart, der Direktor der Deutschen Luftschifffahrt AG, mitteilte, stimmen die Gerüchte: Die Zentrale des Unternehmens hat derzeit keinen Kontakt zum Zeppelin *Isabella*, der sich auf seiner Jungfernfahrt nach Lakehurst in den USA befindet. Nach einer Unwettermeldung hatte Kapitän Roderich Flick den Kurs geändert, um das Sturmtief zu umfahren. Dazu nahm die *Isabella* direkten Kurs auf den Atlantik. Zuletzt wurde der Zeppelin über der Inselgruppe der Azoren gesehen. Auch Frachtschiffe und Passagierdampfer, die auf dieser Route unterwegs sind, empfingen keine Funksprüche mehr von der *Isabella.*

»Es ist zu früh, um sich ernsthaft Sorgen zu machen«, erklärte Direktor Zeckenbart. Es komme immer wieder vor, dass man für einige Zeit den Kontakt zu den Luftschiffen verlöre. Zu der Frage, ob tatsächlich ein blinder Passagier an Bord sei – vielleicht sogar die mordverdächtige Geliebte von Rudi Siebenstein –, gab Herr Zeckenbart keine Auskunft.

17. KAPITEL,

in dem Otto auf eine verwegene Idee kommt

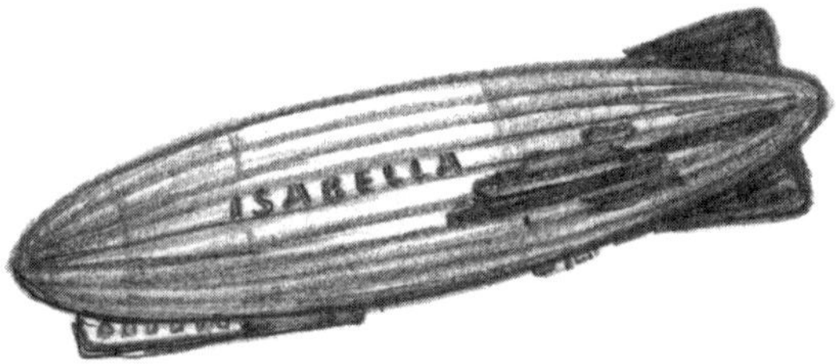

»Glück jehabt«, sagte Paule.

Die vier Schatten und Hänschen hockten dicht aufeinandergedrängt in einer Kabine, die der Kapitän für sie geräumt hatte. Der Sturm hatte zwar nachgelassen, aber das Luftschiff wurde immer noch vom Wind durchgerüttelt.

»Das nennst du Glück?«, fragte Hänschen.

Der Kabinenjunge saß mit mehlweißem Gesicht da. Seine Hände zitterten noch, als er Klara eine der Servietten aus feinstem Damast mit dem aufgestickten Firmenzeichen der Deutschen Luftschifffahrt AG reichte.

»Halt still«, sagte Klara und tupfte vorsichtig Linas Gesicht mit der Serviette ab. Lina hatte sich die Stirn an einer Tischkante aufgeschlagen.

»Aber die Blutflecken gehen da nie wieder raus«, gab Lina zu bedenken.

»Das macht jetzt auch nichts mehr«, sagte Hänschen.

Klara begutachtete die Wunde. »Es ist nur eine Schramme. Da bleibt nicht einmal eine Narbe.«

»Ick nenn dit Glück. Wir hätten ooch erschossen werden können, dann hätten wa explodieren können, und wenn dit nich jereicht hätte: Ertrinken hätten wa ooch noch können.«

»Paule! Schluss!«, ermahnte Klara ihn. »Jetzt hör auf. Ertrinken können wir immer noch.«

Sie war sich ganz sicher, dass dies ihre letzte Fahrt in einem Zeppelin gewesen sein würde, so oder so. Nie wieder würde sie einen Fuß in ein solches Gefährt setzen, und wenn sie die Strecke zurück schwimmen musste. Aber daran war im Moment gar nicht zu denken. Erst einmal mussten sie überhaupt irgendwo ankommen, und es sah nicht danach aus, dass das so einfach gelingen würde. Zum Glück hatte der Schuss aus dem Revolver nicht die mit Wasserstoff gefüllten Gastanks durchschlagen. In diesem Fall hätte es eine gewaltige Explosion gegeben und die *Isabella* wäre in kürzester Zeit in Flammen aufgegangen und in den Ozean gestürzt. Paule hatte ihr das in den allerschönsten schrecklichen Farben ausgemalt.

Die Kugel hatte jedoch die Außenhaut zerrissen. Dieses Leck gab den Böen des Hurrikans eine Angriffsfläche. Ein großes Stück der silbrig glänzenden Hülle hatte sich von den Aluminiumstreben gelöst und flatterte wild herum. Das Luftschiff konnte zwar noch schweben, aber eine Weiterfahrt war in diesem Zustand zu gefährlich.

»Es war keine Absicht, es war keine Absicht!«, hatte die falsche Baronin, die eigentlich Therese Siebenstein hieß, immer wieder beteuert, aber sie war ebenso überwältigt und festgesetzt worden wie Fräulein Weiterscheit-Treidelstein.

Immerhin hatte der Kapitän darauf verzichtet, auch die Schatten in Handschellen zu legen.

Mit gedrosselten Motoren schwebte der Zeppelin über einer schmalen Insel, die aus den Wellenbergen des Atlantiks herausragte.

»Wenn alles schiefgeht, müssen wir uns eben da unten auf die Insel retten.« Otto zeigte aus dem Fenster, wo in nicht allzu weiter Entfernung ein paar flache Felsen aus dem Wasser ragten.

»Das nennst du eine Insel?«, fragte Klara. »Ein paar Steinbrocken voller Taubenmist.«

»Möwenmist«, meldete Lina sich zu Wort. »Tauben gibt es hier mitten auf dem Meer nicht.«

Klara verdrehte die Augen. Manchmal konnte einem Linas Besserwisserei echt auf die Nerven gehen. Aber dann erkannte sie, dass am linken Ende der Klippen etwas hing: das Wrack eines Schiffes. Das machte nicht gerade Mut. Je näher die *Isabella* dem Inselchen kam, desto tiefer sank sie.

»Wir haben im Moment keinen Funkkontakt, nach nirgendwo«, jammerte Hänschen. »Die *Isabella* kann sich auf Dauer so nicht halten, die kaputte Stelle muss abgedichtet werden.«

»Mitten auf dem Meer?«, fragte Otto. »Das Luftschiff ist größer als die felsigen Kleckse da unten. Da können wir doch unmöglich landen!«

»Von Landung redet auch keiner«, sagte Hänschen.

Alle starrten ihn an, weil er nicht weitersprach.

»Nun sag schon!«, forderte Klara ihn auf.

»Wie willst du das Ding denn sonst flicken?«, fragte Otto.

»Ick gloob, ick ahne wat. Dit is nich dein Ernst, Hänschen Hohlkopp?« Paule pustete die Backen auf und pikste mit einem Finger in die Wange, um die Luft mit einem Zischen wieder abzulassen.

»Ein Mann muss zu dem Riss klettern und ein paar von den Decken befestigen, dann muss er weiter nach unten und die Decken mit Seilen an dem Gestänge anbinden«, erklärte Hänschen. »Der Kapitän hat schon ein paar davon zusammennähen lassen.«

»Im Flug?«, fragte Klara, die nicht glauben konnte, was Hänschen da erzählte.

»Mit einfachen Decken?«, fragte Lina.

Hänschen nickte. »Die Außenhaut besteht eigentlich auch nur aus Stoff. Allerdings wurde der mit einer speziellen Farbe bestrichen, damit er sich nicht voll Wasser saugt. Im Notfall müssen einfach die Decken herhalten.«

»Und wenn das nicht klappt?«, fragte Klara.

Hänschen druckste herum. »Kapitän Flick hat streng verboten, dass wir darüber reden.«

»Hänschen!«, riefen die vier Schatten wie aus einem Mund.

»Ist ja gut, ich sag's schon: Dann versuchen wir eine Notlandung auf der Insel, den Felsen da unten. So klein sind sie auch wieder nicht. Wir sind in der Nähe der Azoren. Da kommen eine Menge Schiffe vorbei. Sobald wir wieder Funkverbindung haben, müssen wir uns irgendwie von einem Schiff retten lassen.«

»Das ist doch keine Insel«, rief Klara entsetzt aus. »Das ist ein schwimmender Misthaufen!«

»Aber immer noch besser als eine Notwasserung bei schwerer See«, versuchte Hänschen sie zu beschwichtigen. »Außerdem haben wir sogar Rettungsboote an Bord.« Er klang nicht sehr überzeugt, dass das wirklich eine gute Lösung war. »Aber das darf auf keinen Fall passieren. Der Schaden für die Deutsche Luftschifffahrt AG wäre unermesslich. Vielleicht wäre es das Ende der Luftschifffahrt.«

»Mir ist die Luftschifffahrt ziemlich egal«, knurrte Otto.

Hänschen schien darüber besorgter zu sein als über die Tatsache, dass sie vielleicht alle ums Leben kamen. »Ich wollte doch irgendwann Chefsteward werden. Wie soll das denn gehen, ohne Zeppeline?«

»Das ist allerdings ein Grund«, sagte Klara.

»Und ick wollte eenmal die Wolkenkratzer sehen«, murmelte Paule.

Zu weiteren Klagen kam niemand.

»Hans«, rief jemand von draußen. »Johaaaaaannes!«

»Ich muss los«, sagte Hänschen, aber die Tür wurde schon aufgerissen und der Chefsteward stand vor ihnen. »Hans, Abmarsch!«

Klara spürte, dass etwas nicht stimmte. »Warum?«, fragte sie.

»Das geht dich gar nichts an«, blaffte der Chefsteward.

Klara holte schon Luft für eine patzige Bemerkung, aber sie besann sich. Sie waren immer noch blinde Passagiere, auch wenn sich im Augenblick keiner für sie interessierte. Was mit ihnen in New York geschehen würde, stand noch in den Sternen. Bestimmt hatten sie dort drüben nicht auf eine Berliner Straßenbande gewartet. Im besten Fall würden die Schatten zurückgeschickt und landeten dann nach ihrem kleinen Umweg über Amerika am Ende wieder in Tante Elfis Waisenhaus.

»Halt keine Maulaffen feil, der Kapitän ruft nach dir.«

Hänschen sprang auf. »Ich komme«, sagte er und zwinkerte den Schatten kurz zu, als er seinem Vorgesetzten folgte.

»Ich habe kein gutes Gefühl«, jammerte Lina.

»Da biste nich alleene, Schwestachen«, sagte Paule.

Die vier Schatten schauten in die Runde. In einer solchen Situation tatenlos herumsitzen? Das kam nicht infrage. Ohne ein Wort zu sagen, schlichen sie alle zur Tür. Klara öffnete sie.

Ein paar Männer liefen hin und her, aber niemand beachtete sie. Am Ende des Ganges verschwand gerade Hänschen um die Ecke. Schnell folgten die Schatten ihm, bis er und der Chefsteward den Zugang zum Steuerraum erreicht hatten und hinter der Tür mit dem Schild »Kein Zutritt für Unbefugte« verschwunden waren.

»Mist«, sagte Paule, als sie an der Tür ankamen.

Klara schaute ihn verschmitzt an. Seit wann hielten verschlossene Türen die Schatten auf? Sie zögerte keine Sekunde, sondern drehte den Türknauf einfach herum, und schon konnten sie durch einen schmalen Spalt die Stimmen von drinnen hören.

»Wir sind in einer Notsituation«, erkannte Klara die Stimme des Kapitäns. »Meyerlein und Brederlo haben es schon versucht, aber die beiden sind einfach zu schwer. Wir brauchen einen mutigen Burschen, der wenig wiegt, gut klettern kann und die Plane nach unten zieht.«

»Oje«, seufzte Paule. »Mutig is nich jerade Hänschen Hosenschisser seine jrößte Stärke.«

»Wir passen gut auf«, beteuerte eine andere Stimme. »Du wirst von zwei Seilen gesichert.«

»Das Schicksal der *Isabella* hängt davon ab.« Das war wieder der Kapitän. »Und nicht nur das des Luftschiffs. Denk an die Passagiere. Und die Mannschaft. Es soll auch dein Schaden nicht sein, eine Beförderung ist mindestens drin.«

Klara schob die Tür ein wenig weiter auf. Durch den Spalt erkannten sie ein paar der Offiziere, den Kapitän und andere Mitglieder der Mannschaft. Zwei Männern klebten die nassen Haare an der Stirn. Sie saßen in Decken gehüllt da.

»Hänschen soll nach draußen klettern«, flüsterte Klara. »Das ist doch verrückt.«

Und nun sagte Hänschen endlich auch etwas. Er brachte seine Worte allerdings kaum hervor, stotterte und schluchzte. »Ich hab doch … Hö … Hö … Höhenangst …«

»Hänschen fällt da oben in Ohnmacht«, hörte Klara plötzlich die laute Stimme von Otto.

Im ersten Moment begriff sie nicht, was passierte, und erst recht nicht, was Otto vorhatte. Er schob einfach die Tür zur Brücke auf und stand auch schon mitten im Raum.

»Hänschen wird steif wie ein Brett, wenn er nur bis zur Weihnachtsbaumspitze hinaufschaut.«

Das war wirklich so. Klara hatte es schon einmal erlebt, damals im Waisenhaus von Tante Elfi. Paule, Hänschen und sie selbst hatten in der Vorratskammer eine große Schlackwurst gemopst und waren auf der Flucht durchs ganze Haus auf dem Dachboden gelandet. Als die gemeine Tante Elfi sie fast in die Enge getrieben hatte, waren sie auf einen Schrank geklettert. Beim ersten Blick nach unten war Hänschen einfach umgekippt und runtergefallen. In völliger Starre hatte er die Schlackwurst mit beiden Händen umklammert und dagelegen.

Die Mannschaftsmitglieder starrten Otto überrascht an. Hänschen schluchzte. Ein Offizier schimpfte los und versuchte, Otto hinauszuschieben, aber Klara, Lina und Paule versperrten den Ausgang. »Jetzt reicht's aber mit euch Rasselbande!«, sagte der Mann.

»Schattenbande«, murmelte Klara.

Otto riss sich los. »Ich bin der beste …«

»… Fassadenkletterer von ganz Berlin«, vollendete Klara den Satz.

»Von ganz Deutschland«, verbesserte Lina sie.

»Von die janze Welt«, fügte Paule hinzu.

»Und ich wiege fast nichts«, sagte Otto.

»Und mutig ist er auch.« Das war wieder Lina.

Und verrückt, dachte Klara, sagte aber lieber nichts.

»Lassen Sie den Jungen los«, befahl Kapitän Flick. »In außergewöhnlichen Situationen muss man schon einmal zu außergewöhnlichen Mitteln greifen.«

18. KAPITEL

in dem Otto hoch hinauswill und tief hinunterkommt

Otto zog das dicke Seil, das der Mann um Ottos Hüften und seine Schulter geschlungen hatte, fest an. Es zwickte zwischen den Beinen, aber lieber ein bisschen Zwicken, als am Ende aus der Sicherung rutschen und im Wasser landen. Otto konnte nämlich ziemlich viel – nur nicht schwimmen.

»Bist du dir sicher, dass du das tun willst?«, fragte Klara angespannt.

Natürlich war Otto sich alles andere als sicher, aber irgendwer musste dort hinaus, sonst saßen sie in diesem riesigen Ozean fest. Wer wusste schon, was zuerst kam: ein Schiff, das sie mitnehmen konnte, oder der nächste Hurrikan.

In der Offiziersmesse herrschte angespannte Ruhe. Das Werkzeug und die zusammengenähten Decken hatten die Männer der Mannschaft bereits nach hinten zu der Luke gebracht. Alle warteten nun darauf, dass Kapitän Flick den Befehl gab, mit der Reparatur zu beginnen.

Bevor der Kommandant der *Isabella* das Wort erheben konnte, sprang Klara plötzlich auf und fragte voller Sorge:

»Gibt es nicht doch eine andere Möglichkeit?« Ihre Stimme bebte bei der Frage.

So hatte Otto sie noch nie erlebt. Sie knetete die Hände, und wenn das nicht völlig unmöglich gewesen wäre, hätte Otto sogar behauptet, dass sich eine Träne in Klaras Augenwinkel gestohlen hatte. Sie machte sich wirklich Sorgen um ihn und stürmte auf ihn zu, um ihn fest in die Arme zu nehmen und an sich zu drücken.

Otto wurde ganz heiß. Einerseits, weil Klara ihn so fest drückte, andererseits, weil er noch nie einen solchen Gefühlsausbruch bei ihr erlebt hatte. Sie stritten sich oft, aber wenn es um Freiheit, Leben oder Tod ging, hielten sie wie Pech und Schwefel zueinander.

»Pass auf dich auf«, flüsterte Klara ihm ins Ohr.

»Otto, altet Haus, du wirst dit Ding schon schaukeln.« Paule verbreitete Zuversicht, und Lina deutete auf ihre Haare, die schön glatt an ihrem Kopf lagen: »Kann nix passieren«, sagte sie.

Otto hoffte, dass ihre haarigen Antennen auch in dieser Situation die richtigen Signale sendeten. Klara winkte alle vier zusammen. Otto wusste, was sie wollte. Sie bildeten einen Kreis, legten die Hände in der Mitte zusammen und flüsterten gemeinsam die Bandenparole: »Wir sind die Schatten, schnell und schlau, keiner sieht sie je genau!«

»Herr Kapitän, wir haben jetzt ruhigere See, der Wind hat nachgelassen«, meldete der Erste Offizier.

»Gut«, sagte der Kapitän, »dann geht's los.«

Roderich Flick packte Otto an beiden Schultern. »Hast du es dir gut überlegt, Junge? Es macht dir niemand einen Vorwurf, wenn du es nicht tust.«

Das stimmte natürlich nicht. Die gesamte Mannschaft baute fest darauf, dass Otto sie aus der Patsche zog. Den Passagieren hatte Kapitän Flick verschwiegen, dass ein Berliner Straßenjunge den Stolz der Luftschifffahrt retten sollte. Er hatte befohlen, dass sich alle im Salon einzufinden hatten. Dem Chefkoch und den Stewards hatte er aufgetragen, die Gäste mit allem, was die Küche und der Getränkewagen hergaben, bei Laune zu halten.

Otto nickte. »Ich bin bereit.« Mehr brachte er nicht hervor. Es war auch besser, nichts mehr zu sagen, weil er es sich sonst vielleicht doch noch anders überlegt hätte.

Schweigend folgte er den Männern, die ihn weit hinauf in das Gewirr der Spanten und Verstrebungen führten. Der Riss in der Hülle klaffte auf der Backbordseite. Sie hatten ein Stück der Außenhaut gelöst, damit Otto nach draußen klettern konnte. Zwei weitere Männer warteten schon auf ihn.

Die beiden stiegen zuerst hinaus, überprüften noch einmal die Stärke des Windes und winkten Otto dann zu.

»Kann losgehen!«, rief der eine von ihnen, dessen Glatze rosig und glatt schimmerte.

Als Otto die Nase nach draußen streckte, spürte er augenblicklich den kühlen Luftzug. Die Außenhaut war feucht und glitschig, aber er fand Halt, nachdem er hinausgestiegen war.

Die ersten Klimmzüge bis an die höchste Stelle des Luftschiffs waren nicht schwierig. Es gab genug Haken, Ecken und Streben, um sich zu halten. Das Seil behinderte Otto nur wenig, er musste jedoch aufpassen, dass es sich nicht um seine Beine schlang oder irgendwo verhedderte.

Dann brauchte er ein paar Atemzüge, um sich an die Umgebung zu gewöhnen. Sie bestand nur aus dem Koloss unter

seinen Füßen und einer unendlichen grauen und blauen Weite. Bis zu diesem Tag hatte Otto genau drei Gewässer gesehen: den schlammigen Landwehrkanal, die Spree und den Wannsee, in den er sich jedoch nie hineingetraut hatte. Mehr als einmal hatte Klara ihn verspottet, die schon als kleines Kind in jeden Tümpel gesprungen war, um zu planschen.

Hinauf in die Lüfte, das war Ottos Sache. Ein riesiger Ozean, der kilometertief reichte, wie Lina ihm zu allem Unglück noch versichert hatte, darauf konnte er verzichten.

»Bist du festgefroren?«, fragte der Glatzkopf.

Nicht nachdenken, beschwor Otto sich selbst. Einfach loslegen.

»Alles klar«, rief er gegen den Wind an, der an seinen Klamotten zerrte.

Wie ein Bergsteiger an einer Steilwand seilte er sich auf das Kommando des Glatzkopfs ab. Der zweite Mann sicherte ihn zusätzlich.

Kapitän Flick hatte ihm genau erklärt, was er tun musste.

Die Männer hatten die Flicken schon oben und an den Seiten befestigt, es fehlte nur das kleine Stück unten, für das sie einen wendigen, flinken Kletterer wie Otto brauchten. Er schwang sich einen halben Meter zur Seite, dort schlug die offene Plane im Wind. Sie peitschte immer wieder gegen das Gestänge.

Das war der gefährlichste Augenblick.

Wenn die Plane Otto erwischte, konnte sie ihn aus dem Gleichgewicht bringen. Er würde den Halt verlieren, vielleicht würde sie ihn auch verletzen.

Patsch, zack, patsch, schlug sie hin und her.

Otto musste im richtigen Augenblick zugreifen, die Plane dann nach unten drücken und mit einer Klemme fixieren. Die Klemme – und fünf weitere – befanden sich in der Umhängetasche an seiner Hüfte.

»Zuerst alle Klemmen lose drauf, danach kannst du sie in aller Ruhe festziehen«, hatte der Kapitän gesagt. »Dafür nimmst du die Zange.«

Das war alles leichter gesagt als getan. Er brauchte alleine sieben Versuche, bis die erste Klemme saß. Nummer zwei, drei und vier gingen danach wie von selbst, aber die fünfte Klemme ließ sich nicht öffnen.

Otto drückte mit aller Kraft. Nichts. Er spürte, wie seine Arme die Kraft verloren. Obwohl es hier draußen eiskalt war, schwitzte er am ganzen Körper. Das Seil hatte sich schon in seine Haut gegraben und scheuerte.

»Verfluchtes Miststück! Geh endlich auf!«, stieß er zwischen zusammengebissenen Zähnen hervor.

Endlich saß auch die fünfte Klemme an ihrem Platz. Die sechste konnte er wieder ohne Mühe befestigen. Jetzt noch einmal eine nach der anderen festziehen, dann hatte er das Schwierigste hinter sich. Mit letzter Kraft legte er die Zange an einer Klemme nach der anderen an.

Hoffentlich reichte das, hoffentlich saßen sie fest genug, betete Otto, aber zu mehr war er nicht mehr in der Lage.

»Fertig«, schrie Otto und gab den Männern das vereinbarte Zeichen. Er zog dreimal schnell und heftig an dem Seil und begann den Aufstieg. Die Hälfte hatte Otto bereits geschafft, da ergriff plötzlich eine neue Böe die *Isabella* und drückte das Heck nach oben. Die Spitze des Luftschiffs sank nach vorne.

»Vorsicht«, gellte die Stimme eines der Männer, aber es war zu spät.

Der Zeppelin stand nun in einem spitzen Winkel zur Wasseroberfläche.

Otto spürte, wie der Zug in dem Tau, das ihn sichern sollte, nachließ. Mit aller Kraft versuchte er, sich an der Außenhaut festzukrallen, aber er fand keinen Halt. Den Männern musste das Seil entglitten sein.

Er rutschte.

Und rutschte.

Und rutschte weiter.

Ein schneller Blick nach unten zeigte ihm, dass die *Isabella* viel an Höhe verloren hatte, aber er schwebte mindestens dreißig Meter über dem Meer. Plötzlich gab es einen erneuten Ruck und Otto sauste hinab.

Sein letztes Stündchen hatte geschlagen, das war klar. Nein, es war nur noch ein Minütchen oder es waren sogar nur ein paar Sekündchen.

Aber die Zeit reichte aus, um noch einen Plan zu schmieden. Pläne schmieden, das war doch seine Stärke! Klara hatte im Strandbad am Wannsee einmal einen Bauchplatscher gelandet, und das hatte ihr schrecklich wehgetan. Dabei hatte sie selbst gesagt, man müsse immer kerzengerade ins Wasser tauchen – mit den Armen zuerst oder mit den gestreckten Beinen.

Keine zwei Meter vor der Oberfläche streckte Otto sich durch, reckte die Arme mit spitzen Fingern nach vorne, machte sich steif wie ein Brett, sodass er kopfüber seinem Schicksal entgegensauste. Er spürte beim nächsten Herzschlag auch schon, wie seine Fingerspitzen in die eisige Kälte tauchten.

Wie ein Pfeil schoss er hinab in die Tiefe. Es gluckerte und blubberte um ihn herum. Der Ozean rauschte in seinen Ohren und drang ihm in die Nase.

Ottos Plan war aufgegangen, aber jetzt brauchte er einen neuen: Wieder auftauchen, nicht von einem Hai gefressen werden und nicht ertrinken in den Wellenbergen.

Das Rauschen nahm jedoch zu, seine Kleidung saugte sich in Sekundenschnelle mit dem kalten Wasser voll, schwer und schwerer zog sie ihn in die Tiefe. Otto strampelte, fast folgte er dem Drang, den Mund zu öffnen und Luft in seine brennenden Lungen zu saugen. Hoch über sich sah er das nur noch matt schimmernde Tageslicht. Er zog die Beine an und stieß sie wieder von sich. So hatte Klara es ihm vorgemacht und gerufen: »Wie ein Frosch, wie ein Frosch musst du es machen.«

Aber was hatte sie noch gesagt? Otto erinnerte sich nicht mehr. Gefoppt hatte sie ihn, ausgelacht, weil er keinen Schritt ins Wasser getan hatte. Warum? Warum nur war er damals so feige gewesen?

Es war zu spät.

Er konnte einfach nicht mehr.

Alles drehte sich um ihn herum. In den Augen brannte das salzige Wasser. Wie ein Frosch, wie ein Frosch!, dachte er immer wieder und sah schon einen riesigen Frosch vor sich, der ihn packte.

So war es wohl, kurz bevor man starb. Man wurde verrückt. Sah Frösche. Frösche, die einen packten und …

... und der Frosch schlug ihn. Dann drückte er Otto mit großer Wucht auf die Brust.

»Uaaah«, schrie Otto und erwartete, dass nun das Meer in ihn hineinströmte, zuerst in seine Lungen und dann überallhin drang.

Aber es passierte das Gegenteil. Ein Schwall Salzwasser sprudelte aus seinem Mund.

»Er lebt!«, rief jemand.

Das war Klaras Stimme.

»Ick gloob dit nich«, sagte eine Berliner Schnauze, die Otto nur zu gut kannte, und jemand warf sich einfach auf ihn und umarmte ihn schluchzend.

Otto öffnete die Augen. Lina ließ ihn los und stellte sich in den Kreis der Personen, die ihn alle anstarrten.

Sein Blick wurde nur langsam klar: Madame Fatale, Horatio W. Sourcrowd, Kapitän Flick, Hänschen – fast alle Passagiere und ein großer Teil der Mannschaft jubelten. Einige klatschten in die Hände, einige tuschelten und schüttelten immer wieder ungläubig den Kopf.

Klaras Augen waren gerötet. »Das war aber ein eleganter Sprung, damit kannst du am Kunstturmspringen teilnehmen«, sagte sie so ungerührt wie möglich, aber sie konnte kaum verbergen, dass sie geweint hatte.

»Unsa Otto! Der beste Fassadenkletterer von janz Berlin, nie nich stürzt der ab!«

»Wo ... wo bin ich?«, krächzte Otto.

»Na, an Bord meiner *Isabella*, und solange ich Kapitän eines Luftschiffs bin, habe ich noch nie jemand unterwegs verloren«, sagte Kapitän Flick mit einem Lächeln. »Außer ein paar blinder Passagiere, die schmeißen wir gerne mal von Bord.

Übrigens, dein Flickwerk hält eins a. Die *Isabella* macht wieder ordentlich Fahrt.«

»Also, diese Nummer mit dem Seil!« Madame Fatale drängte sich nach vorne. »Da können wir etwas draus machen, das könnte eine Sensation für unsere Amerika-Tournee werden. Du springst von einer Plattform in einen Wasserbottich«, plauderte sie fröhlich. »Vielleicht nehmen wir lieber ein Gummiseil, das könnte eines Tages eine Mode werden.«

»Wonderful!«, rief Horatio aus. Er malte die Schlagzeile mit einer Hand in die Luft: »Otto Carwoodkee – the great Bungeejumper!!!!«

Otto kapierte kein Wort.

Lina hockte sich neben ihn: »Das Seil war am Gestänge gesichert. Als die Männer dich nicht mehr halten konnten, bist du runtergesaust, aber die *Isabella* hat wieder an Höhe gewonnen und so wurdest du im letzten Moment aus dem Wasser gezogen.«

»Genug geschwatzt«, befahl Kapitän Flick. »Eine heiße Hühnerbrühe für den Retter der *Isabella* und dann volle Kraft voraus. Wir werden in New York erwartet. Wir haben schon gefunkt, und ihr werdet Augen machen, wenn wir ankommen.«

19. KAPITEL,

in dem die Schatten ankommen und gleich wieder abhauen

»Das ist sie«, rief Lina aufgeregt. »Die Freiheitsstatue!«

Otto folgte mit dem Blick Linas ausgestrecktem Zeigefinger. Es war einfach unglaublich. Auf einer kleinen Insel stand die große, grün schimmernde Frau mit der Fackel in der Hand und dem Strahlenkranz um den Kopf, das Wahrzeichen von New York.

»Die hat das französische Volk dem amerikanischen Volk geschenkt und sie wurde 1886 aufgestellt«, sagte Lina.

»Schwestachen, wo du dit nu wieda allet herhast«, sagte Paule. »Aba janz schön großzügig von dit französische Volk.«

»Sie ist fast hundert Meter hoch und damit die größte Statue der Welt …«, plapperte Lina fröhlich weiter.

»Für jeden Vorgarten ist die nicht geeignet«, meinte Klara.

Ottos Freunden drang die Aufregung aus jeder Pore. Keiner von ihnen war bisher über die Stadtgrenzen von Berlin hinausgekommen. Die Fahrt des Luftschiffs über den Ozean war abenteuerlich gewesen, aber erst jetzt wurde Otto klar, dass sie nicht nur in ein anderes Land reisten, nein, es war gleich ein anderer Kontinent, vielleicht ein ganz neues Leben.

Die *Isabella* steuerte auf die gewaltige Stadt mit ihren Wolkenkratzern zu. Noch lagen die Häuser in einiger Entfernung und wirkten wie Bauklötze, die jemand nebeneinander aufgestapelt hatte. Um das Luftschiff herum sausten zwei Doppeldeckerflugzeuge und machten Loopings und andere Kunststücke. Immer wieder umrundeten sie die *Isabella*, einmal so nah, dass Otto den Piloten in seinem offenen Cockpit genau sehen konnte. Der Mann lachte und schrie etwas, aber natürlich wurden die Worte vom Wind davongetragen.

Auf dem Meer und im Hafen setzten die Schiffe Segel, präsentierten die volle Beflaggung und die Lotsenboote und Ausflugsdampfer kreisten mit tutenden Signalhörnern. Schnellboote der Hafenpolizei zogen in Viererformation weite Schleifen.

Im Salon hatten die Passagiere die Fenster geöffnet. Alle drängten sich, um das Spektakel zu beobachten. Amy und ihre Brüder winkten mit Taschentüchern, immer wieder klatschten sie in die Hände.

Ihnen und den vier Schatten hatte Kapitän Flick erlaubt, sich während des Anflugs auf die amerikanische Großstadt vorne im Steuerraum aufzuhalten. Amy blinzelte Otto ein paar Mal zu, aber er schaute mit rot glühenden Ohren schnell weg.

»Ein Funkspruch für Miss Amy Waterhouse«, meldete der Funker und überreichte dem Mädchen ein Stück Papier.

»Oh, Daddy is coming!«, rief das Mädchen daraufhin. »He wants to meet the German boy who saved our lives.«

Otto schaute verständnislos drein.

Lina half ihm: »Amys Vater will den Jungen kennenlernen, der seine Tochter gerettet hat.«

»Oho, darauf kannst du dir was einbilden, Otto!«, sagte Kapitän Flick. »Mister Waterhouse ist einer der mächtigsten Männer der Vereinigten Staaten von Amerika. Er ist ein Zar, ein Mogul sagt man hier, ihm gehören Zeitungen und Radiosender, ein Hollywood-Studio, Ölquellen, Rinderherden und eine Eisenbahnlinie. – Gehen Sie ein bisschen runter«, wandte er sich an den Steuermann. »Wir wollen den Anblick doch richtig genießen.«

Gemächlich sank das Luftschiff, während es sich den Hochhäusern näherte. Von oben sahen die Straßen aus, als hätte sie jemand mit dem Lineal durch die Straßenschluchten geschnitten. An einer Stelle war ein Gebäude so spitz über die Ecke zweier Straßen gebaut, dass es wie ein riesiges Bügeleisen wirkte.

Auf den Straßen wimmelten die Autos; je tiefer die *Isabella* kam, desto besser konnte man die Einzelheiten erkennen. Überall schauten die Menschen nach oben und winkten. Immer mehr Schaulustige kletterten auf die Dächer der Häuser, sogar auf den Brücken und den Baustellen, an denen neue Wolkenkratzer entstanden, reckten die Arbeiter die Köpfe.

Überall diese riesigen Häuser! Otto stellte sich vor, wie er die gewaltigen Fassaden hinaufsteigen würde. Wenn er auf einem schwebenden Zeppelin über dem Atlantischen Ozean herumgeklettert war, schaffte er auch das.

Klara knuffte ihn in die Seite. »Denkste über einen neuen Beruf nach? Wirst du nun Artist?«

Horatio W. Sourcrowd und Madame Fatale drängten sich nun auch noch in den Steuerraum. »Otto, du musst bei mir unterschreiben«, dröhnte Sourcrowds Stimme. »Ich werde dein Manager. Ich habe mir auch schon etwas ausgedacht, ich sehe die Plakate schon vor mir: *Sensation! Der Spinnenmann – keine Fassade ist vor ihm sicher – je höher, je besser!*«

»Sie sind Ihrer Zeit wieder weit voraus, Horatio!«, spottete Madame Fatale. »Spiderman? Auf den müssen wir noch ein bisschen warten. Außerdem gehört Otto zu meiner Truppe. Sie müssen schon mit mir verhandeln.«

»Die Schatten jehörn keenem«, erklärte Paule.

»Das Land der unbegrenzten Möglichkeiten«, erklang die Stimme von Kapitän Flick. »Eines kann ich euch garantieren: Die Amerikaner haben eine Schwäche für Helden, und du, mein Junge«, er legte die Hand auf Ottos Schulter, »du bist jetzt schon ein Superheld, da muss niemand mehr etwas erfinden. Mach dich auf etwas gefasst, wenn wir gleich landen. Jetzt muss ich mich um unsere sichere Ankunft kümmern.«

Die *Isabella* drehte langsam wieder ab, weil das Flugfeld zur Landung in Lakehurst ungefähr hundert Kilometer südwestlich von New York City lag, wie der Erste Offizier erklärte.

Im Salon spielte Horatio W. Sourcrowd noch einmal den Beleidigten. Mit einem schelmischen Lächeln sagte er: »Natürlich werde ich euch niemals verzeihen, dass ihr den guten alten Sauerkraut im Verdacht hattet, hinter der Sache zu stecken.«

Madame Fatale nahm die Schatten in Schutz. »Liebster Horatio, Ihnen kann man aber auch alles zutrauen, oder nicht?!«

Sourcrowd stimmte ihr lachend zu.

In einem ruhigen Moment winkte Otto die anderen in eine Ecke, in der sie wenigstens für zwei Minuten ungestört waren.

»Was machen wir, wenn wir angekommen sind?«, fragte er.

»Ick tät ma sajen …«, hob Paule an.

»Vielleicht …«, sagte Lina.

»Am besten …«, meinte Klara.

Und wie aus einem Mund sagten plötzlich alle vier: »… uns ganz schnell aus dem Staub machen.«

Aber auch das Flugfeld in Lakehurst wimmelte nur so von Neugierigen. Die *Isabella* sank hinab, zuerst ergriffen Männer am Boden die Leinen, die Kapitän Flick auswerfen ließ. Rundherum hielten sie das Luftschiff und zogen es langsam in die richtige Position, bis sie es an den Führungsstangen der Kanzel zu fassen bekamen und die Treppe für den Ausstieg ansetzen konnten.

Otto sah ein Auto heranfahren, auf dem eine Kamera der amerikanischen Wochenschau montiert war. Direkt neben ihnen stand ein Radioreporter, der in sein Mikrofon schrie und jede Bewegung, jeden Handschlag rund um den Zeppelin lauthals für seine Hörer an den Radioapparaten beschrieb.

Otto verstand sofort, was der Kapitän gemeint hatte: Aus dem Staub machen konnten sie sich jedenfalls nicht.

»Ick gloob, 'n paar von die Leute sind wejen unsarm Otto da«, murmelte Paule beim Anblick der Menschenmassen auf dem Flugfeld, als sie auf die Gangway traten.

»Puh«, sagte Otto. Zu mehr kam er nicht in dem Blitzlichtgewitter der Zeitungsreporter, das ihnen entgegenstrahlte.

Direkt in der ersten Reihe entdeckte Otto eine Gruppe von Männern, mit denen die Schatten normalerweise nicht gerne zu tun hatten.

»Die Kollegen von Wachtmeister Eltinger«, sagte Klara.

Otto wäre am liebsten durch den Frachtraum hinten verschwunden, aber dazu war es zu spät. Er sah, wie die Polizisten Fräulein Weiterscheit-Treidelstein in Empfang nahmen und sie zusammen mit Therese Siebenstein, der falschen Baronin, in ein Polizeiauto schoben. Beide sträubten sich und zeterten.

Ganz hinten im Gewühle glaubte Otto auch ein paar düstere Gestalten in dunklen Mänteln und tief ins Gesicht gezogenen Hüten zu sehen, die über die Verhaftung der beiden Frauen alles andere als begeistert waren.

Plötzlich stürmte die Menge der Reporter auf die Gangway zu. Keiner interessierte sich für den Kommandanten des Luftschiffs oder die anderen Passagiere.

»Are you Otto Carwoodkee?«, rief einer der Reporter und sofort stürzten sich alle auf Otto. Die Fragen prasselten nur so auf ihn ein, aber Otto verstand keine davon.

Die Männer der Luftschiff-Besatzung befreiten ihn aus der Umzingelung der Reporter und schoben ihn mitsamt den anderen Schatten in ein offenes Auto. Auf dem Rücksitz wartete bereits Kapitän Flick mit einem Mann, auf dessen Schoß Amy saß. Ihre Brüder hockten links und rechts von ihm.

»Jetzt wird's kuschelig«, sagte Kapitän Flick, denn der Wagen hatte eigentlich nur sechs Plätze. »Na ja, ist halt kein Luftschiff. Darf ich vorstellen: Das ist Randolph Waterhouse, der dir sehr, sehr dankt.«

»Oh yes, you are a great chap, such a brave boy!«, sagte der Mann.

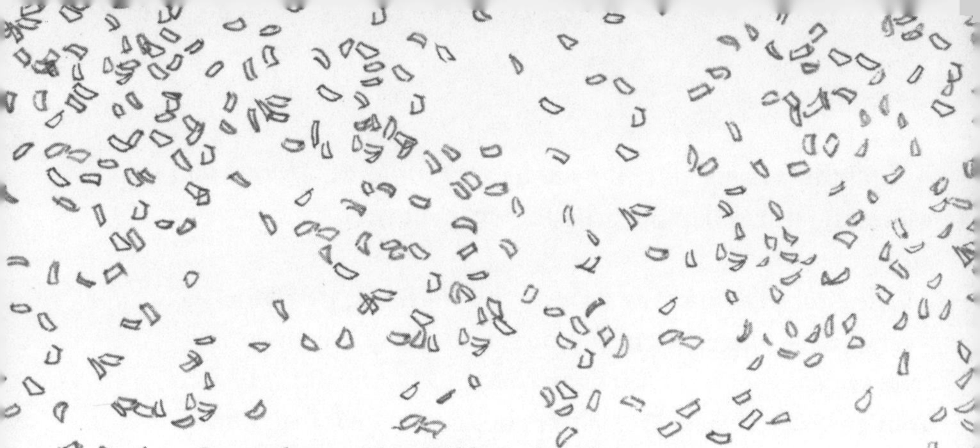

Otto schaute Lina Hilfe suchend an.

»Du bist großartig und ein mutiger Junge«, übersetzte Lina.

»Dit is nich neu, aba der Rest von die Bande is ooch nich von schlechten Eltern, Mista!«, sagte Paule.

»Wir müssen los«, drängte Kapitän Flick. »Der Bürgermeister wartet.«

Die Limousine setzte sich in Bewegung, und in einer langen Kolonne von weiteren großen offenen Wagen fuhren sie nach New York City. Dort sahen sie die Häuserschluchten nun von unten, aber kaum hatten sie die Straßen mit den vielen Wolkenkratzern erreicht, mussten sie immer langsamer fahren,

weil sich mehr und mehr Menschen an den Straßenrändern sammelten. Sie jubelten ihnen zu.

»Ick gloob, ick spinne«, sagte Paule immer wieder.

Im Schritttempo bewegten sie sich vorwärts, rechts und links der Automobile sorgten berittene Polizisten für Ordnung. An einer Straßenecke stieß ein Blasmusik-Orchester dazu und reihte sich einfach in den Umzug ein.

»Es schneit«, stellte Klara fest.

Otto griff nach den angeblichen Schneeflocken. »Das ist Papier.«

Überall aus den Häusern warfen die begeisterten Menschen Papierschnipsel, Luftschlangen und Konfetti herab.

»So einen Empfang bekommen hier eigentlich nur siegreiche Generäle, Filmstars und der Präsident der Vereinigten Staaten«, sagte Kapitän Flick.

Die Fahrt ging immer langsamer weiter. Otto merkte, wie die drei anderen stiller wurden. Ob es ihnen genauso ging wie ihm? Er fühlte sich überhaupt nicht wohl. *Wir sind die Schatten, schnell und schlau, keiner sieht sie je genau.* So hieß es doch.

Jetzt saßen sie hier fest, inmitten von Menschenmengen. Sichtbar für jeden, und ständig blitzten die Lampen der Fotoapparate auf. Wieder hielt der Wagen, weil kein Durchkommen war.

Otto schaute Klara an, Klara schaute Lina an, Lina schaute Paule an und Paule schaute zurück zu Otto.

»Auf drei«, flüsterte Otto. »Eins … zwei… drei …«

Berliner Lokal-Anzeiger

11. Oktober 1927

Berliner Straßenjunge rettet die *Isabella*!

von Billy Barrakuda

Der Zeppelin *Isabella* ist sicher in Lakehurst im Bundesstaat New Jersey gelandet. Das Luftschiff galt achtundvierzig Stunden lang als verschollen. Der Funkkontakt war in einer Schlechtwetterfront über der Inselgruppe der Azoren abgebrochen. Auch die Schiffe, die sofort entsandt worden waren, um das Luftschiff zu suchen, fanden die *Isabella* nicht.

Wie sich jetzt heraüsstellte, gab es an Bord eine Schießerei, worauf ein Riss in der Außenhaut das Luftschiff in akute Gefahr brachte. Nur durch den beherzten Eingriff eines Berliner Straßenjungen, der sich zufällig an Bord befand (die genauen Umstände sind noch unklar), konnten Passagiere und Mannschaft vor dem sicheren Tod bewahrt werden.

In Lakehurst wurden zwei der Passagiere verhaftet, die im dringenden Verdacht stehen, an einem Kapitalverbrechen in Berlin beteiligt zu sein. Die angebliche Baronin von Laske entpuppte sich als die Ehefrau des jüngst ermordeten Kunstmalers Rudolf Siebenstein, die jedoch nichts mit dem Tod ihres Mannes zu tun hatte. Sie gab zu, das Billett, mit dem sie an Bord der *Isabella* gelangte, der Tänzerin Anita Berber gestohlen zu haben.

Die zweite Verdächtige – eine gewisse Elfriede Weiterscheit-Treidelstein – ist Mitglied einer Geldfälscherbande, der enge Verbindungen zur New Yorker Mafia nachgesagt wird. Nach einem Verhör durch die New Yorker Polizei packte sie aus und verpfiff ihre Helfershelfer in Berlin, woraufhin Kommissar Heinrich Trettoff zwei Ganoven verhaften konnte, die den Kunstmaler auf dem Gewissen haben.

In New York bereitete man Kapitän Flick und seiner Besatzung einen triumphalen Empfang mit einer Konfetti-Parade. Der Weg durch die Hochhausschluchten der amerikanischen Metropole wurde von Hunderttausenden gesäumt. Angeblich hat Hollywood-Mogul Mister Randolph Waterhouse bereits seinen festen Willen beteuert, die atemberaubende Geschichte rund um den Jungfernflug der *Isabella* zu verfilmen.

Gegenüber dem Reporter des *Berliner Lokal-Anzeigers* äußerte Fräulein Gina Ginelli, dass sie bereit sei, die Hauptrolle der Isabella zu übernehmen. Fräulein Ginelli besann sich jedoch kurz darauf eines Besseren, als man ihr mitteilte, dass die *Isabella* ein Luftschiff sei.

Die *Isabella* ist bereits wieder auf dem Rückweg nach Deutschland und wird voraussichtlich in vier Tagen in der Werft in Friedrichshafen am Bodensee landen. Nicht an Bord ist der besagte Berliner Straßenjunge, dessen Aufenthaltsort seit der Willkommensparade auf den Straßen New Yorks unbekannt ist.

20. KAPITEL,

in dem alles wieder von vorne beginnt

Eine Knackwurst. Klara sah sie. Direkt vor sich, so groß, noch größer, mit Senf, je einem dicken gelben Klecks auf beiden Enden –

»I go … you go … he goes …«, unterbrach Linas Stimme Klaras Tagtraum.

Klara kniff sich mit zwei Fingern so fest ins rechte Ohrläppchen, dass sie vor Schmerz fast aufschrie. Wenigstens schwebte die Knackwurst nun nicht mehr vor ihren Augen. Klara schaukelte in einer Hängematte, die Paule ihr aus ein paar alten Vorhängen und einem Seil zusammengebunden hatte.

»Mit een paar kleenen Umbauten wird dit eene schicke Bleibe«, sagte Paule. Er stapelte ein paar Bretter übereinander. »Hab ick hinta den Backofen jefunden.«

Klara konnte es sich noch nicht so ganz vorstellen, dass jemals eine schicke Bleibe aus der Bruchbude werden würde.

Die ehemalige Bäckerei sah noch schäbiger aus als die verlassene Schreinerei, die sich die Schatten als Unterschlupf in Berlin ausgesucht hatten.

Die Schatten hatten schon in den ersten Tagen gelernt, dass man sich in New York ganz leicht zurechtfand: Die Straßen waren alle wie ein Gitternetz angelegt und nummeriert. Die waagerechten Straßen hießen *Street* und die senkrechten *Avenues.* Die Bäckerei, in der die Schatten hausten, lag in der 86. Straße.

Ihre neue Bleibe befand sich in einem Hinterhof, das war genau wie in Berlin. Der Bäcker, dem der Laden früher gehört hatte, war ein deutscher Auswanderer aus Düsseldorf gewesen, das hatten sie von dem Zeitungsverkäufer erfahren, der seinen Laden an der Ecke zur 16. Avenue hatte. Der Zeitungsmann war ebenfalls Deutscher und stammte aus Köln. »Früher hat's hier von Landsleuten nur so gewimmelt, aber nach dem Krieg waren wir nicht mehr so gerne gesehen.«

Jedenfalls hatte Lina in einer Kiste auf dem Dachboden lauter Bücher in deutscher Sprache gefunden, dazu ein Lexikon, bei dem allerdings die Bände mit den Buchstaben *K – N* und *W – Z* fehlten. Am wichtigsten waren jedoch eine englische Grammatik und das Wörterbuch.

Auch wenn Paule maulte, gab es nun täglich zwei Stunden Englischunterricht.

Am Tag ihrer Ankunft hatten sie sich bei der erstbesten Gelegenheit einfach aus der Limousine von Mister Waterhouse verdrückt, waren durch die Beine der vielen Zuschauer geschlüpft, die gar nicht so schnell begriffen hatten, wer diese Kinder waren. Danach waren sie einfach gerannt, gerannt und gerannt und hatten erst haltgemacht, nachdem die jubelnden Schreie und die Blasmusik der Parade nicht mehr zu hören gewesen waren.

Und dann hatten sie sich entschieden, einfach in dieser neuen Stadt zu bleiben. New York. Amerika. Das sollte ihre neue Heimat sein.

»Vom Tellerwäscher zum Millionär!«, hatte Otto gesagt. So hieß es doch.

»Erfinda wie mir brauchen se hier«, hatte Paule gemeint, und Lina hatte ausnahmsweise darauf verzichtet, ihn zu verbessern. »Und schlaue Mädels wie meene kleene Schwesta ooch.«

Nur Klara war sich noch ein bisschen unsicher, was in diesem Amerika wohl werden sollte. Ob sie wirklich hierbleiben wollte. Da hatte Otto ihr tief in die Augen geschaut und gesagt: »Leute, die wissen, wo's langgeht, braucht man überall auf der Welt. Vielleicht wirst du ja irgendwann mal Reichskanzlerin der Vereinigten Staaten?«

»Die gibt's hier nicht«, hatte Lina prompt gesagt. »Präsidentin, das kann sie werden.«

»Auch gut«, hatte Otto gemeint.

Klara fragte sich, ob Otto endlich einsah, dass sie die Chefin der Bande war.

»Präsidentin kannst du werden«, sagte er darauf mit einem frechen Grinsen. »Aber Chef der Schattenbande …«

Den Satz beendete er nicht, aber Klara wusste natürlich, was er sagen wollte. Dann hatten sie sich erst einmal eine Verfolgungsjagd um drei Straßenblocks geliefert.

»Lass uns weitermachen«, forderte Lina nun Paule auf.

Sie kraulte den schwarzen Kater, der auf ihrem Schoß saß. Er war am Morgen aufgetaucht und hatte sich sofort an Lina geschmiegt. Klara beobachtete ihn ganz genau, und es hätte sie nicht gewundert, wenn er bald einmal um die Ecke verschwand und im nächsten Augenblick Madame Fatales Muskelmann vor ihnen stand.

Paule seufzte.

Lina blieb hart. »Los, alle Formen von *gehen*!«

»I go … you go … he go …«

»Falsch«, unterbrach Klara. »*Er geht* heißt *he goes.*«

»Sehr gut«, lobte Lina sie.

Dass ausgerechnet die kleinste der Bande nun die Lehrerin spielte, gefiel Klara nicht so richtig, aber Lina hatte recht: Wenn sie in New York durchkommen wollten, mussten sie die Sprache lernen.

»*He goes*«, wiederholte Paule. »Ick *goes* jetzt ooch, ick hab keene Lust mehr. Und Hunger hab ick wie Bolle.«

Doch unten im Hof schepperten die großen Bottiche, gegen die sie immer traten, um sich anzukündigen. Dreimal lang, dreimal kurz – das musste Otto sein.

»Frühstück«, rief Otto.

Eines war hier ganz genauso wie in Berlin: Es gab nie genug zu essen. Rund um den Nollendorfplatz hatten sie allerdings immer gewusst, wo es einen unbeaufsichtigten Korb mit Äpfeln vor einem Krämerladen gab oder durch welche Hintertür sie in eine Küche steigen konnten, um ein Stück Schlackwurst oder einen Kanten Brot zu stibitzen. Hier mussten sie das alles noch herausfinden. Und Muttchen Pieper mit ihrer Knei-

pe am Alexanderplatz, wo sie zur Not auch mal einen Teller Erbsensuppe bekommen konnten, hatten sie auch nicht mehr. Auch Schätzchen fehlte ihnen. Besonders Lina vermisste ihn sehr.

»Sobald wa hier heimisch sind, schreiben wa an Muttchen, det se uns den Hund rübaschickt«, hatte Paule gesagt, aber natürlich wusste auch er, dass das unmöglich war.

Immerhin hatten sie schon herausgefunden, wo die große Show-Premiere von Madame Fatale und ihrer Truppe stattfinden sollte. Die Straße hieß Broadway und es reihte sich ein Theater mit bunter Leuchtreklame an das nächste.

Otto hatte schon einen Plan gehabt, wie sie an Geld kommen konnten: »Wir schicken Nachrichten mit den neuesten Neuigkeiten aus New York –«

»News!«, sagte Lina. »Das heißt *news*!«

»Dann halt mit den njuusten Njuus an Billy Barrakuda. Der kann sie dann in seiner Zeitung drucken.«

Otto breitete seine Beute auf der Holzkiste aus, die als Esstisch herhalten musste: sieben Rosinen, die Rinde von einem Graubrot und einen Apfel, der zur Hälfte wohl von einem Droschkenpferd zertreten worden war. Geteilt durch vier. Kein tolles Frühstück, besonders wenn man auch am Abend zuvor so gut wie nichts gegessen hatte.

»Dit erinnert mir fies an alte Zeiten«, stellte Paule nüchtern fest.

Erst jetzt bemerkte Klara, dass Otto von einem Ohr zum anderen grinste. Er verbarg etwas hinter seinem Rücken, das er nun langsam hervorholte. Es war ein Päckchen aus Zeitungspapier, durch das hier und da schon Fettflecken schimmerten.

»Pack aus«, forderte er Klara auf. Ihre Nase schlug bereits

Alarm. Der Duft erinnerte sie an ihre Arbeit bei Chefkoch Kroll auf der *Isabella.*

Vor ihnen auf dem Zeitungspapier lagen vier kleine Türmchen, die aus einem runden Stück hellen Brotes oben und unten bestanden. Dazwischen lugten eine Art Fleischklops, Salatblätter, Tomatenscheiben und Zwiebelringe hervor, gekrönt von dicker roter Soße.

»Die nennen das hier *Hamburger*«, sagte Otto.

»Hamburger?«, fragte Paule. »Wie dit Hamburg in die alte Heimat?«

»Wo hast du die denn her?«, fragte Klara.

Otto legte sein verschmitztes Lächeln auf. »Wollen wir quatschen oder essen?«

Mit Heißhunger stürzten sich Klara, Lina, Paule und Otto auf die Leckerei. Die Tomatensoße triefte ihnen über das Kinn, aber am Ende blieb kein Krümel übrig.

»Amerika, du jefällst mir!«, sagte Paule.

»Mir ooch«, sagte Lina.

»Mpfrgh«, grunzte Otto.

Das war ein guter Anfang, fand Klara.

ENDE

NACHBEMERKUNG

Die Zeit von Anfang der 1920er- bis Mitte der 1930er-Jahre war die große Zeit der Luftschiffe. Zeppeline begeisterten die Menschen wie kaum eine technische Errungenschaft zuvor. Die Konstrukteure – allen voran Ferdinand Graf Zeppelin, der den Luftschiffen auch den Namen gab – wurden wie Helden verehrt.

Die Ankunft oder der Abflug eines Zeppelins legte ganze Städte lahm, weil die Menschen ihre Arbeit verließen, um die leise schwebenden Kolosse zu begrüßen. Sehr bald umrundeten die Luftschiffe die ganze Welt; allerdings war es ein teures Vergnügen, das sich nicht viele leisten konnten.

Die *Isabella* haben wir für dieses Abenteuer der Schattenbande erfunden, sie hat es nie gegeben. Sie wurde von uns dem Luftschiff *LZ 127 Graf Zeppelin* nachempfunden. Viele der Ereignisse an Bord sind jedoch nicht nur unserer Fantasie entsprungen.

Zum Beispiel schafften es immer wieder blinde Passagiere, sich auf ein Luftschiff zu schmuggeln. So konnte der Botenjunge Clarence Terhune unbemerkt an Bord der *Graf Zep-*

pelin gelangen und ein Stück der Weltumrundungsfahrt von 1929 mitmachen. Bei der Nordamerikafahrt der *Graf Zeppelin* 1928 musste tatsächlich nach einem Sturm während der Reise die Außenhaut mit einfachen Decken geflickt werden. Man reiste damals sehr luxuriös, aber die Fahrten waren im wahrsten Sinne noch abenteuerlich.

Eines der schönsten und größten Luftschiffe, die *Hindenburg*, beendete die Ära der Zeppeline mit einem schrecklichen Unglück. Beim Landeanflug auf Lakehurst im Jahr 1937 entzündete sich die Wasserstofffüllung. Die *Hindenburg* wurde zu einem großen Feuerball und stürzte ab. Man betrachtete die Luftschifffahrt danach als zu gefährlich.

Wenn wir jetzt die Neugier auf Luftschiffe geweckt haben, hier ein Tipp: Im *Zeppelin Museum Friedrichshafen* gibt es eine Menge rund um die Zeppeline zu erleben. Dort steigt der Besucher in die originalgetreue Rekonstruktion wichtiger Passagierbereiche der *Hindenburg* und wird so zum Reisenden, der durch die Gesellschaftsräume auf dem Promenadendeck der 1930er-Jahre wandeln kann.

(www.zeppelin-museum.de)

DANKSAGUNG

Wer hätte vor nicht einmal zwei Jahren gedacht, dass Klara, Otto, Paule und Lina so schnell solche Abenteuer erleben und sogar einmal über den Großen Teich nach Amerika reisen würden?

Ein paar haben daran geglaubt und uns dabei geholfen:

Allen voran unsere Agentin Birgit Arteaga, die sich nicht davon beeindrucken ließ, dass so viele meinten, für einen Kinderkrimi in den 1920er-Jahren interessiere sich niemand. Danke, Birgit!

Oder Malte Ritter, Maraike Sörensen-Knoop und Svenja Hoffmann, die sich im Lektorat wacker durch die wilde Mischung aus Fantasie und historischer Wirklichkeit gelesen und viel Rat und Hilfe gegeben haben.

Oder Stephanie Polák und Kai Lüftner, die Paule auf die Berliner Schnauze geguckt haben und uns beiden Rheinländern das Berlinern beibrachten.

Dank an Silke Kords, die viel Platz im bloomoon-Programm gemacht hat, und an Tamara Laske, die dafür sorgte, dass alle

Welt von den Schatten erfährt. Am Ende wurde sie eine hochstapelnde Baronin, das hat sie nun davon.

Und ganz zum Schluss: Gerda, du hast mit deinen Zeichnungen die Sache erst wirklich rund gemacht. Wir haben uns bei jedem Band darauf gefreut wie Bolle.

DIE AUTOREN

© Sybille Pietrek

Gina Mayer hat als Werbetexterin gearbeitet, bevor sie Schriftstellerin wurde. Sie schreibt historische Romane und Krimis für Jugendliche und Erwachsene. Aus ihrer Feder stammen zum Beispiel »Die verlorenen Schuhe« und »Das Maikäfermädchen«.

Frank M. Reifenberg ist gelernter Buchhändler, arbeitete als Presse- und Öffentlichkeitsreferent, besuchte die Internationale Filmschule Köln und schreibt seit dem Jahr 2000 Romane und Drehbücher. Seit 2008 engagiert er sich für die Förderung leseschwacher Jungen: Zu diesem Thema hält er Seminare für Eltern und initiiert Workshops – speziell für Jungs.

DIE ILLUSTRATORIN

© privat

Gerda Raidt, 1975 in Berlin geboren, studierte zunächst Freie Grafik an der Burg Giebichenstein in Halle. Später wechselte sie in die Fachrichtung Illustration an die HGB Leipzig, wo sie anschließend auch ein Meisterschülerstudium absolvierte. Seit 2004 arbeitet sie als freie Illustratorin. Sie hat zwei Kinder und lebt mit ihrer Familie in Leipzig.

DIE SCHATTENBANDE

ISBN 978-3-7607-9936-0

ISBN 978-3-8458-0358-6

ISBN 978-3-8458-0495-8

ISBN 978-3-8458-0604-4

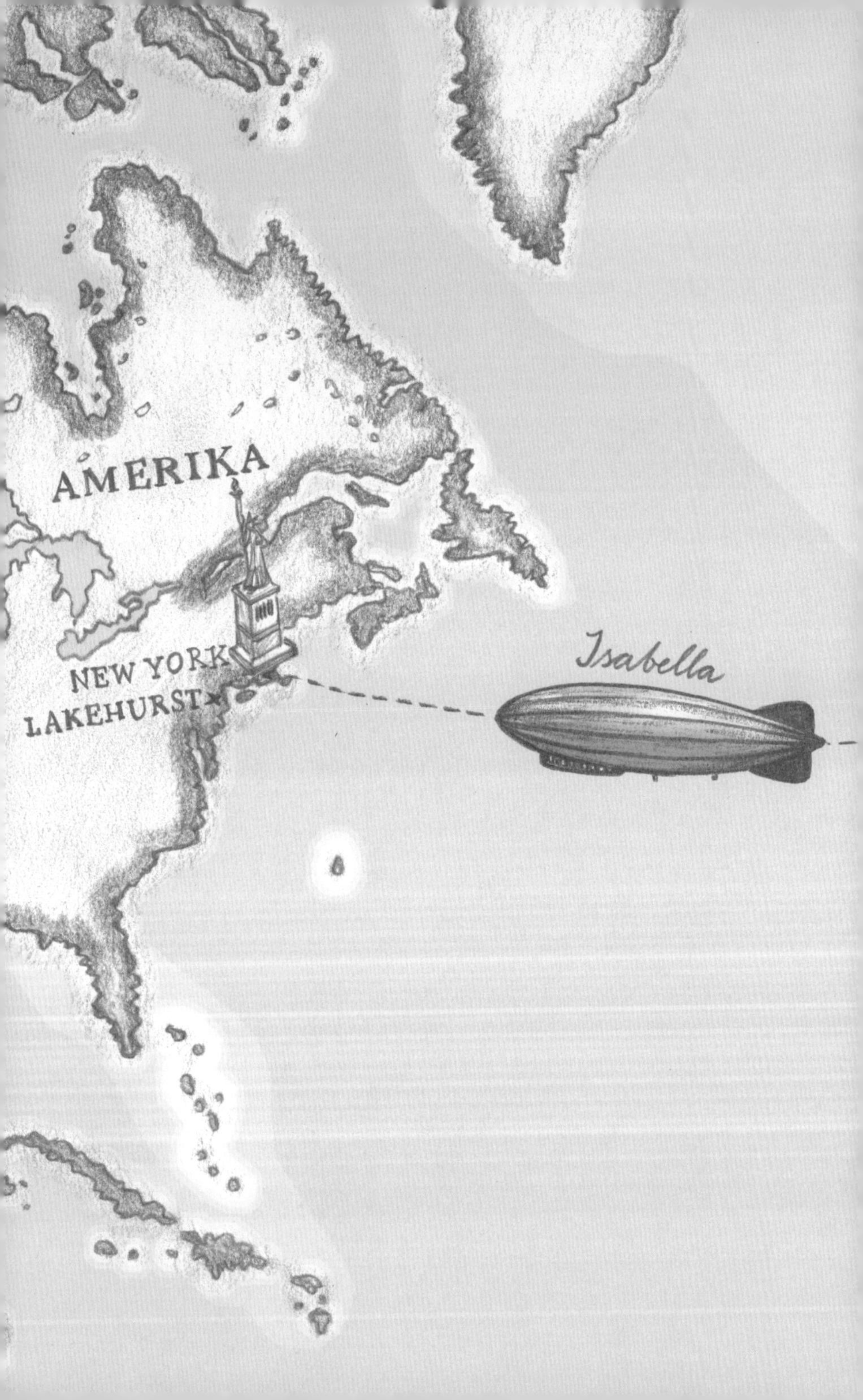

AMERIKA
Isabella
NEW YORK
LAKEHURST